CW01213047

LA BABY-SITTER INGÉNUE

UNE ROMANCE DE MILLIARDAIRE (LES ROIS DU NIGHTCLUB 1)

CAMILE DENEUVE

TABLE DES MATIÈRES

1. Gannon	1
2. Brooke	10
3. Gannon	14
4. Brooke	21
5. Gannon	27
6. Brooke	32
7. Gannon	37
8. Brooke	43
9. Gannon	49
10. Brooke	53
11. Gannon	58
12. Brooke	65
13. Gannon	69
14. Brooke	74
15. Gannon	79
16. Brooke	85
17. Gannon	91
18. Brooke	96
19. Gannon	102
20. Gannon	108
21. Brooke	113
22. Gannon	118
23. Brooke	123
24. Gannon	128
25. Brooke	133
26. Gannon	137
27. Brooke	143
28. Gannon	149
29. Brooke	155
30. Gannon	161
31. Brooke	166
32. Gannon	172
33. Brooke	177

34. Gannon 183
35. Brooke 189

Publishe en France par:
Camile Deneuve

©Copyright 2021

ISBN: 978-1-64808-973-2

TOUS DROITS RÉSERVÉS. Il est interdit de reproduire, photocopier, ou de transmettre ce document intégralement ou partiellement, dans un format électronique ou imprimé. L'enregistrement électronique est strictement interdit, et le stockage de ce document n'est pas autorisé sauf avec permission de l'auteur et de son éditeur.

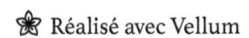

❀ Réalisé avec Vellum

Gannon

Un bambin de deux ans. Le meilleur ami dont la petite sœur adorerait faire du babysitting. Et une érection qui ne s'est jamais calmé ...

Dans une situation difficile, à qui demanderiez-vous conseil ?
À votre meilleur ami, n'est-ce pas ?
Et quand ce meilleur ami vous dit que sa petite sœur adore les enfants et cherche à tout prix à s'en occuper, alors bien sûr, elle serait parfaite pour le job, n'est-ce pas ?
Il n'y a cependant qu'une seule règle.
Ne pas toucher à sa petite sœur, qui est vierge de surcroît...
Cela ne devrait pas être difficile de tenir une promesse faite à votre meilleur ami, surtout lorsque vous avez désespérément besoin d'une baby-sitter, car vous n'avez aucune idée de comment élever un enfant, n'est-ce pas ?
La réponse à cette question est extrêmement simple.
C'est pu- de difficile !
Depuis le jour où je l'ai rencontré tout est devenu compliqué. J'ai très vite compris que cela serait de plus en plus difficile, car elle était déterminée à garder notre relation secrète.
Me cacher moi
Devrais je réellement la laisser cacher tout cela ?

~

Brooke

Un petit garçon avait besoin de moi. Un homme avait besoin de moi. Et je devais me débarrasser à jamais de mon étiquette de jeune vierge effarouchée...

L'excitation et la tristesse se mélangent rarement, mais c'est exactement ce que j'ai ressenti en allant travailler comme baby-sitter pour le meilleur ami de mon grand frère.

Rejetée par son horrible mère, son fils de deux ans avait désespérément besoin de moi.

Je voulais m'occuper du pauvre petit garçon.

Mais je suis tombée amoureuse.

Du fils et du père.

Pour ma famille surprotectrice, aimer le petit garçon ne posait pas de problème.

Mais que j'aime son père, à qui mon frère avait formellement défendu de me toucher, n'était pas vraiment bien vu.

Personne n'allait accepter cela.

J'avais donc dit au milliardaire, qui avait l'habitude de n'en faire qu'à sa tête, qu'il faudrait garder notre relation secrète.

Ne surtout pas mentionner nos ébats torrides.

Cependant, j'ai découvert que les milliardaires n'aimaient pas se cacher.

Alors, combien de temps pourrais-je encore frémir de ses caresses avant que tout soit fini ?

1

GANNON

Le premier jour de novembre, un vent glacial balayait les rues de notre belle ville de Los Angeles à dix heures du matin. La première vague de froid de l'automne était arrivée, entraînant avec elle, le vent enthousiasmant du changement.

Je me tenais debout devant la baie vitrée de mon bureau du quinzième étage. Au loin, les vagues de l'océan Pacifique avaient attiré mon attention alors que j'attendais que mon assistante personnelle, Janine Lee, me prévienne quand ma vidéoconférence serait prête.

J'étais devenu PDG de Forester Industries ; la société familiale qui m'avait été transmise de mon père. Il avait lui aussi hérité de la société de son père et l'avait fait évoluer en passant d'une entreprise valant un million de dollars à un milliard de dollars.

Est-ce que j'étais né avec une cuillère en argent dans la bouche ?

Sans aucun doute. Je n'avais jamais connu d'épreuves, la pauvreté ou le sentiment d'aller au lit le ventre creux. Je n'ai connu que luxe. Je vivais dans un monde où si je voulais quelque chose, il me suffisait de demander pour l'obtenir. Et cela arrivait rapidement.

Toute cette facilité n'était peut-être pas saine pour moi, je m'en rendais compte, car j'attendais avec impatience pour la première fois de ma vie. À trente ans, certains pourraient dire que je n'avais même pas encore commencé à vivre ma vie, mais attendre que mon rêve se réalise paraissait une éternité.

Quelque mois auparavant, à Vegas, j'avais rencontré quelques milliardaires à Hakkasan, une boîte de nuit pour les plus fortunés. C'était le genre d'endroit dans lequel il était facile de flamber cent mille dollars. Et c'est là que j'avais pensé à réaliser le projet de construire une discothèque comparable à celle-là.

Hakkasan était l'une des dix meilleures boîtes de nuit au monde. Les hommes que j'avais rencontrés ce soir-là voulaient construire quelque chose d'encore mieux à LA., l'endroit d'où nous venions tous.

Trouver un emplacement n'avait pas pris beaucoup de temps et les travaux de construction du club avaient commencé quasiment aussitôt. Nous en étions à discuter du nom de la boîte — d'où la conférence auquel je participais. Trouver un nom devenait urgent, puisque cela était nécessaire pour commander des produits et autres objets portant le nom de la boîte.

Je détournais le regard de la fenêtre lorsque la porte de mon bureau s'ouvrit. Janine se tenait là, du haut de ses un mètre cinquante. Les mèches courtes, noires et soyeuses de ses cheveux ondulaient autour de son visage rond. Des lunettes à monture épaisse abritaient ses yeux bruns. Une main sur la hanche, elle secoua la tête. « M. Forester, votre conférence sur Skype est lancée. August Harlow et Nixon Slaughter sont prêts et vous attendent, monsieur.

« Excellent. » Je traversai mon grand bureau et la suivis dans la pièce au fond du couloir. « Pensez-vous pouvoir me trouver un café ce matin ? Quelque chose au goût d'automne.

« Je m'en occupe, patron. » Elle fit un mouvement élégant de la tête et tourna les talons pour partir à la recherche de ce que j'avais demandé. C'était une femme incroyable. À presque quarante ans, elle était capable de remuer ciel et terre pour répondre aux exigences de ceux pour qui elle travaillait. J'avais vraiment eu de la chance de la trouver après le décès de son ancien patron, quelques années auparavant.

Nous avions découvert que nous avions quelque chose en

commun, je l'avais rencontré par hasard, à la maison funéraire où elle était venue rendre hommage à la dépouille de son patron et j'étais venu chercher le corps de mon père.

C'est dans le couloir que nous avions tous deux pris la même boîte de mouchoirs en papier. Et lors de ce moment tragique, nous nous étions trouvés.

Elle m'avait parlé de son patron et de la récente perte de son emploi d'assistante de direction. Je lui avais à mon tour, raconté comment j'avais perdu mon père, le PDG d'une grande entreprise et que l'aide d'une assistante personnelle serait la bienvenue. Et c'est pendant ce moment triste que nous avions décidé de ce partenariat cela nous a aidé à surmonter les difficultés de la vie, et nous a rendu la vie plus supportable après la terrible épreuve que nous avions dû affronter.

Ma mère était décédée depuis plusieurs années déjà de suite de cancer du sein foudroyant. Enfant unique, la mort de mon père m'avait laissé totalement seul au monde, ce qui était loin de me rendre heureux.

L'apparition de Janine dans ma vie à l'époque m'avait aidé à surmonter cette solitude. Peut-être que je n'étais pas destiné à finir ma vie seul. Un jour, les choses iraient mieux. Un jour, je ne serais plus le seul membre de la famille Forester. C'est ce que j'espérais de tout mon cœur.

Je ne cherchai cependant pas forcément une femme. J'étais un peu trop occupé pour ça. Mais une fois que les choses se tasseraient, notamment après l'inauguration de la boîte de nuit, je ralentirai mon rythme de travail et trouverai peut-être le temps de sortir, et de rencontrer une femme. Au lieu de faire ce que j'avais toujours fait, jusqu'ici, c'est-à-dire me contenter des aventures d'une nuit.

En ce moment, je n'avais même pas le loisir des choses de ce genre. Mon travail, mes responsabilités de PDG, et superviser le projet de construction de la boîte de nuit monopolisaient toute mon énergie. Je n'avais absolument pas le temps de faire autre chose.

En entrant dans la salle de conférence, je vis les visages de mes partenaires sur deux des grands écrans qui formaient un cercle autour de la salle. Lors de certaines de nos conférences les sept écrans étaient occupés. C'était, après tout, un projet mondial.

August et Nixon me saluèrent d'un large sourire alors que je prenais place. « Bonjour messieurs. Et j'utilise ce terme très librement », je plaisantai.

August sourit. « Le moment est donc venu de mettre nos disputes de côté et de nous mettre d'accord sur un nom pour cette boîte de nuit. »

Nixon continua, « Je veux que tout le monde soit au courant que j'aime le nom, Club X. »

Je répondis : « Et je te l'ai déjà dit, ce nom est beaucoup trop commun. »

« Oui », approuva August. « Mais, Gannon, tu n'as pas encore proposé de nom. Et tu détestes tous ceux que nous avons trouvés. Arrête de lambiner et jette-toi à l'eau, c'est ton tour de nous faire des propositions. Tu as une minute. »

« Quoi ? » Je regardai les écrans, et deux visages déterminés me regardaient fixement. « Je ne suis pas aussi créatif que vous. Vous êtes... »

« Tu gagnes du temps, Gannon, » me rappela à l'ordre Nixon.

La ride au milieu du front d'August me confirma qu'il parlait sérieusement en regardant sa montre. « Le temps est compté. Trente secondes, Gannon, ou ce sera Club X. »

"Non ! Attendez, donnez-moi encore une minute, vous me mettez sous pression, là. » Je fronçai le nez, et me massai les tempes, pour essayer de mettre un peu de créativité dans mon cerveau.

August ne voulait pas céder, il n'était pas non plus disposé à me donner plus de temps. « Non, pas de temps supplémentaire, et nous allons statuer dans dix, neufs... »

Un mot me vint à l'esprit que je laissai s'échapper : « Swank !

Et, à ma plus grande surprise, mes partenaires firent tous deux de grands sourires. August acquiesça. « J'aime. »

Nixon eut un petit rire. « Moi aussi. Ce sera donc Swank. Il regarda August à travers l'autre écran. « Notre réunion a été productive August. Il est temps de retourner à nos emplois respectifs. On se voit plus tard dans la semaine. Je me déconnecte. » L'écran avec son visage s'éteint aussitôt.

August me fit un signe de tête. « Je retourne bosser, mec. Rendez-vous vendredi soir pour une soirée entre potes.

« À plus tard ! » Je ne pus m'empêcher de sourire en mettant fin à l'appel. Mes amis savaient que je travaillais mieux sous pression et ils étaient, comme toujours, experts en manipulation.

En sortant de la salle de conférence, j'entendis Janine se disputer avec une autre femme : « Non, vous ne pouvez pas parler à M. Forester, mademoiselle !

« Hors de mon chemin, demi-portion ! »

Je me dirigeai dans la direction d'où venaient les voix et aperçut mon assistante essayant de son mieux de barrer la route à une grande rouquine maigre avec un petit garçon à ses côtés. Il se blottit contre sa jambe, les yeux effrayés par les cris.

Les yeux remplis de colère de la femme croisèrent les miens. « Gannon Forester, te voilà. »

« Et vous êtes ? » Demandai-je en donnant au garçon ce que j'espérais être un sourire rassurant. Bien que je ne connaisse absolument rien des enfants. Étonnamment, il baissa timidement la tête puis la releva, m'offrant un doux sourire édenté.

La femme s'éclaircit la gorge avec impatience. « Cassandra Harrington. Tu te souviens sûrement de moi. » Ses lèvres minces se crispèrent dans un sourire. « Le club Acapulco sur le strip ? »

Je n'avais aucune idée de ce dont elle parlait…

Mais je savais que je n'avais pas envie de laisser parler cette femme dans le couloir, entourée d'oreilles indiscrètes. « Est-ce que ça vous dérangerait d'entrer dans mon bureau, Mme Harrington ? »

« Mademoiselle. Et c'est là que je voulais vous parler, mais ce petit nain… »

Je la pris par le bras et la fit entrer ainsi que le petit garçon dans mon bureau. La façon dont elle avait poussé le gosse devant, comme un sac de farine, m'avait bizarrement contrarié. En fermant la porte derrière nous, je levai les yeux au ciel pour m'excuser vers Janine, qui me fit un clin d'œil, toujours imperturbable. Son mari devait savoir qu'il était l'homme le plus chanceux de la terre.

Je me tournai vers Miss Harris et regarda son visage se déformer, sous une grimace qui semblait dégoûté quand elle lâcha le garçon, et le poussa, un peu trop rudement vers moi. « Arrête de t'accrocher. Gannon, voici Braiden Michael Forester. Ton fils. »

Mon cerveau resta paralysé. Mes yeux se posèrent sur le petit garçon. Il hésita entre la femme, qui était vraisemblablement sa mère, pauvre garçon, et mon bureau, avant de reprendre courage. Il fit doucement le tour de mon bureau, son corps minuscule disparaissant quelques secondes derrière l'immense bureau. Il réapparut quelques instants plus tard, et monta sur la chaise de mon bureau. Se penchant en arrière, il donna un coup de pied ce qui fit tourner la chaise sur elle-même. Quelque chose me tordit le cœur — chose étonnante, car jusqu'ici, je ne savais même pas que j'avais un cœur.

« Gannon ? » La harpie reprit son caquetage incessant. « Tu m'as entendu ? »

Je reportai mon attention sur Cassandra, alors même qu'il commençait à jouer avec mon agrafeuse. Mon instinct me dictait de le lui enlever, pour qu'il n'agrafe pas ses petits doigts. Encore une autre bizarrerie, parce que… je n'aurai jamais pensé avoir un instinct quelconque, en dehors de celui que j'avais pour les femmes et les affaires.

Toujours pour gagner du temps, j'offris à Braiden une boîte de trombones en échange de la puissante agrafeuse électrique. J'appréciai que l'échange ne l'a pas dérangé du tout, il commença à jouer avec les petites agrafes colorées en métal.

« Gannon ! » Cassandra explosa finalement.

Oui, c'était un gamin vraiment sympa.

Mais ce n'était pas le mien. Ça, je le savais bien. Je ne connaissais pas sa folle de mère. « Écoutez, madame », commençai-je calmement. « Je ne vous connais pas. »

« Oh, mais si. » Sa hargne se transforma en un sourire tout aussi déplaisant, étirant ses lèvres minces en un large rictus. « Toi et moi sommes rentrés chez moi après avoir trop bu dans ce club ce soir-là, il y a un peu moins de trois ans. Je suis tombée enceinte, et je ne t'ai rien demandé pendant trois ans. Ton fils a deux ans, pour information. Et j'ai fais tout ce que j'avais à faire de maternelle. Je n'en peux plus. Je ne suis pas faite pour être mère. »

Alors qu'elle me crachait des mots, je ne pouvais m'empêcher de me dire qu'elle manquait totalement de sex-appeal, à tout point de vue, bien au-delà de son apparence de sorcière. Sa voix résonnait comme des ongles sur un tableau. C'est une image qui convenait parfaitement au son qui sortait de sa bouche dès qu'elle l'ouvrait.

Étrangement, mes pensées ne cessaient de revenir à ces détails sur la façon dont elle parlait et se comportait, plutôt que sur la nouvelle qu'elle m'avait balancée. Peut-être que je l'occultais. Ou peut-être que je ne pouvais tout simplement pas croire que j'ai pu un jour trouver cette sorcière séduisante. J'avais un type de femme quand je cherchais de la compagnie — un type très, très spécifique, qui était davantage basé sur la personnalité que sur la physique. Une jolie femme, c'était l'idéal, mais je préférais passer une soirée en compagnie d'une jeune femme amusante. Cette femme était vraiment aux antipodes de ce que j'aime.

« Je ne vous connais pas », répétai-je. « Et il n'est pas de moi. »

Cassandra n'avait même pas remarqué que l'enfant cherchait des ciseaux, ou si elle l'avait remarqué, elle s'en fichait complètement. Je l'interceptai au moment où il allait saisir l'objet, et lui tendis une pile de post-it à la place.

Énervée, elle gronda : « Je me fiche de savoir si tu me crois ou pas. Je voulais juste te dire que tu as un enfant et que je ne peux pas m'en occuper. Il est à toi, ou aux services sociaux. À toi de choisir. Maintenant. »

"Attendez. Quoi ? » Pour la deuxième fois de la journée, je fus obligé de prendre une décision instantanée, mais cette fois, l'enjeu était infiniment plus élevé. « Les services sociaux ? », demandai-je avec incrédulité, reconnaissant que le garçon ne comprenne rien de ce qu'il entendait tout occupé à rigoler et se décorait de papiers collants. « Qu'est-ce qui ne va pas chez vous ? C'est votre enfant !

« Et le tien » rétorqua-t-elle. « Je ne sais pas être mère. Est-ce que tu m'écoutes, Gannon Forester ? Je suis fatiguée de parler. Je vais juste prendre le gamin et le laisser aux services sociaux. Je vois que toi non plus ça ne t'intéresse pas d'être père. » Elle se dirigea vers le garçon, qui laissa tomber ses nouveaux jouets en papier et se recroquevilla sur son siège. Je sentis une décharge électrique me traverser.

« Donnez-moi une minute. » Je m'avançai devant elle et le bureau. Les mots qui sortirent alors de ma bouche me laissèrent complètement choqué. « Écoutez, donnez-moi le temps de faire un test ADN. S'il s'avère être mon fils, alors je le veux.

Mais qu'est-ce que je venais de dire ?

"Une semaine. Tu as une semaine et c'est tout, Gannon Forester. »Elle passa devant moi, souleva le garçon dont les grands yeux se remplirent de larmes et quitta mon bureau, avec une telle vitesse que je dus courir pour la rattraper.

« J'ai besoin de votre numéro de téléphone et de votre adresse. » Je pris un bloc-notes sur le bureau de Janine et un stylo tandis que je la suivais à toute allure.

Elle s'arrêta, et se débarrassa de Braiden - c'est bien son nom ?- sur le bureau alors qu'elle écrivait sur le papier. Alors qu'elle gribouillait furieusement sur le bloc-notes, je me penchai avec hésitation pour regarder l'enfant.

Ses cheveux noirs ressemblaient beaucoup aux miens, mais beaucoup d'enfants avaient les cheveux noirs. Et ses grands yeux bleus, étincelants de larmes, ressemblaient un peu à ce que je voyais dans le miroir au réveil chaque jour, mais quand même... ce n'était vraiment pas possible.

« Hé, petit mec. » Je lui souris et lui tendis un bloc de post-it, beaucoup plus coloré que ceux de mon propre bureau. « Tu vas bien ? »

Braiden renifla et sourit timidement, sa petite main grassouillette frottant ses yeux d'une manière qui fit tressaillir à nouveau ce cœur que je me découvrais.

En mettant le papier et le stylo dans mes mains, Cassandra attrapa Braiden comme un sac de pommes de terre. « Il ne sait pas parler, imbécile. Il n'a que deux ans. »

Étouffant ma colère, je me redressai. "Je pense que les enfants de cet âge peuvent peuvent normalement parler. Maman disait toujours qu'à la fin de la soirée, elle n'en pouvait plus de mon babillage incessant".

"Hé bien ce gamin est stupide », dit Cassandra. Je dus faire un effort démesuré pour ne pas tendre le bras et lui tordre le cou. « Tu as intérêt à me donner de tes nouvelles d'ici la fin de la semaine, sinon ton fils va se retrouver dans les bureaux des services sociaux. »

Sur ces mots, elle quitta mon bureau, mon éventuel fils fourré sous le bras, me tendant désespérément une petite main menue, par-dessus son épaule.

2

BROOKE

Le premier jour de novembre, Los Angeles était battue par une brise fraîche. Vêtu d'un pull léger par-dessus mon t-shirt et mon jean bleu, j'étais prête à voir l'automne prendre la relève, j'avais largement profité de l'été, et je n'étais pas triste de revoir la saison des feuilles qui tombent.

Mes talons claquaient sur le trottoir, alors que je me dépêchai de rejoindre mon frère Brad pour déjeuner au Pitfire, notre pizzeria préférée.

Un sifflement retint mon attention et je regardai autour de moi et vis Brad sortir de sa toute nouvelle Lamborghini, son extérieur rouge incendiaire ne passait pas inaperçu. « Tu n'es vraiment pas discret. »

Sa main caressa le capot de la voiture alors qu'il se dirigeait vers moi. « Tu aimes ma nouvelle caisse, petite sœur ? »

« Elle est terriblement brillante. Tu avais vraiment besoin de la prendre dans cette couleur aussi criarde, Brad ? Je croisai les bras en regardant sa voiture qui lui avait visiblement coûté les yeux de la tête.

Mon frère s'était soudainement retrouvé à la tête d'une grosse fortune, en allant travailler pour Forester Industries, juste après ses études. Il avait ensuite décidé de se lancer tout seul dans les affaires et cela lui avait réussi. Il faisait à présent des investissements à l'étranger pour des gens fortunés.

Brad s'était approché de moi, les bras tendus, pour me faire un câlin, que j'acceptai volontiers. « Ce n'est pas couleur criarde, ce rouge vif s'appelle Rosso Mars et ce modèle est un coupé Aventador. »

« Bien sûr. » Dis-je en embrassant sa joue recouverte d'une légère barbe. « Tu portes la barbe maintenant ? Tu es devenu un véritable hipster. Mais, tu devrais l'hydrater un peu plus souvent elle me picote les lèvres.

Ses sourcils se soulevèrent alors qu'il sourit. "C'est ce qu'elle a dit."

Je lui donnai un coup de poing dans le bras. "Beurk ! Dégoûtant ! »

« Il n'y avait absolument rien de sale dans ce que j'ai dit ma petite. » Il passa son bras sous le mien et me conduisit au restaurant. « Tu vois le mal partout. »

Je levai les yeux au ciel et me serrai contre lui, ne voulant pas lui avouer qu'il m'avait manqué tous ces mois passés à l'université.

Après avoir pris place à notre table habituelle, nous avions tellement de choses à nous dire, que notre commande à peine passée, nous commencions à bavarder.

J'habitais depuis un an dans une chambre à la faculté de Berkeley. Même avec ma première année d'université derrière moi, mon enthousiasme était resté intact, et j'envisageai avec optimisme le nouveau semestre qui avait déjà commencé depuis deux mois.

Brad était parti travailler à l'étranger tout l'été, il était revenu quelques semaines auparavant. Il était vraiment curieux de savoir comment se passait mes études. « Alors, comment s'est passée ta première année ? »

« J'ai vraiment adoré, Brad ! » Dis-je en croquant dans une baguette de pain beurrée avec une joie non dissimulée. « C'est trop bon, ça m'a manqué de ne plus manger ça. Pour les cours, je savais que j'adorerais ça. Mais c'est encore mieux que ce je pensais. Les professeurs, le campus... tout est absolument incroyable. Pour l'instant, les cours ne sont que théoriques, mais je suis plus convaincue que jamais à propos de ce que je veux faire, c'est enseigner les tous petits. »

« Cela ne me surprend pas. Quel âge avais-tu quand tu as commencé à garder des enfants ? Trois ans ? » Les petites rides qui se formaient au coin de son sourire me rappelaient qu'il avait atteint la trentaine. C'était a cet d'âge-là que la plupart des gens avaient des enfants, bien que Brad n'ait ni femme, ni enfants, lui-même.

« Non, sept ans. Je gardais Lainey Bradshaw, qui habitait au bout de la rue pendant que sa mère prenait des leçons de piano dans la pièce voisine. » Notre conversation fut brièvement interrompue par l'arrivée des boissons.

Il fit un signe de tête à la serveuse alors que ses yeux examinaient son corps. « Merci. » Il se pencha en avant, croisant les doigts tout en posant ses coudes sur la table, essayant visiblement d'attirer son attention. « Comment ça va cet après-midi », il regarda l'insigne stratégiquement épinglé juste au-dessus de son sein gauche, « Meghan ? »

Ah mais quel boulet. Je gémis en lui donnant un coup de pied sous la table.

Les jolis yeux verts de la serveuse s'illuminèrent, tandis qu'elle sourit à mon frère. « Je vais bien. Et vous ? »

« Très bien. » Il lui fit un clin d'œil. « Merci ma belle. »

Après nous avoir fait un petit signe, elle nous quitta, Brad la suivait des yeux. Je levai de nouveau les yeux au ciel.

« Certaines choses ne changent jamais. Alors, Brad. Est-ce que l'un de tes amis a eu un enfant depuis mon départ ? Ça me manque de travailler avec les enfants, la théorie c'est bien, mais je préfère vraiment la pratique. Et je veux essayer certaines choses que j'ai apprises. »

« Aucun de mes amis proches n'a eu d'enfant, ma douce. Désolé. » Il mit la main dans sa poche et sortit un jeu de clés de voiture. « Mais j'ai une surprise pour toi. »

« Tu plaisantes », murmurai-je en regardant sa paume sans oser toucher les clés argentées. « Brad... »

Brad n'achetait que les automobiles les plus chères. Il avait donné à tous les membres de la famille une de ses anciennes voitures, à un moment ou à un autre. Les voitures déjà utilisées de Brad n'étaient pas comme les autres. Il n'avait eu que des Bentley, des Mercedes, des Beemers, les voitures les plus chères du marché, et mon grand frère avait toujours été généreux avec sa famille et ses amis.

Il fit tinter les clés avec amusement. « Dis, s'il te plaît... »

« Brad », répétai-je, juste au moment où notre pizza arrivait, il nous fallut attendre que tout soit posé devant nous pour reprendre notre conversation. Quand Megan s'éloigna, je me retournai vers mon frère. « Ne me dis pas que c'est ce que je crois. »

Il posa les clés dans ma paume tendue. « Tu as besoin de te déplacer maintenant que tu es de retour ici. Les taxis coûtent cher. Tu es à présent l'heureuse nouvelle propriétaire d'une Jaguar grise F-Type, à peine utilisée. »

Mes doigts se refermèrent aussitôt sur les clés. Je devais quand même protester. Un frère, même aussi riche que le mien, devait-il vraiment donner à sa sœur une voiture d'une valeur de plus de cent mille dollars ? Je n'avais pas l'intention d'être un parasite. « Tu n'aurais vraiment pas dû. Je le pense vraiment, Brad. Et je ne peux même pas te promettre de te rembourser, car cela me prendrait 5000 ans avec un salaire d'enseignante. »

Il me fit un clin d'œil. « Ne t'inquiète pas, je trouverai bien un moyen de te faire payer. » Levant une tranche de fromage dégoulinante, à sa bouche, il croqua dedans, les yeux pétillants.

Un peu étourdie, je me levai et le serrai fort dans mes bras avant de me rasseoir. « Tu es fou », lui dis-je en me servant à mon tour. « Mais merci. Merci, merci, merci. Et n'essaye même pas de me dissuader de payer l'assurance, je ferai ce qu'il faut pour la payer. »

Je ne savais pas comment, mais je me promis de me débrouiller pour y arriver.

3

GANNON

Seulement trois jours après avoir fait le test ADN sur le petit garçon, je tenais enfin l'enveloppe dans la main.

Janine était à mes côtés dans mon bureau lorsque je sortis la feuille de papier qui allait soit changer ma vie soit me rendre libre. « Avant de lire, dites-moi ce que vous espérez, M. Forester. »

Je m'étais posé cette question des milliers de fois, depuis que cette folle était entrée et sortie de mon bureau en moins de cinq minutes, et avait chamboulé ma vie en affirmant des choses insensées.

« Qu'il soit de moi. »

Je ne voulais pas forcément avoir la responsabilité d'un gosse. Loin de là. Mais Cassandra en tant que mère, me faisait froid dans le dos. Et Braiden semblait être un garçon si gentil. Il méritait mieux. Beaucoup mieux.

Avec un signe de tête, Janine plaça sa main sur mon épaule. « Alors je vais prier pour que votre vœu se réalise, monsieur. »

En fermant les yeux, je retirai la feuille de l'enveloppe et l'ouvrit. « Quatre-vingt-dix-neuf pour cent. » Je clignai des yeux et en un instant, je sentis un changement incroyable se dans mon cœur que j'avais récemment découvert. « Il est de moi. »

Le silence était lourd, et alors que je fixai la page pleine d'informations scientifiques au sens mystérieux, une nouvelle venait de changer la donne pour moi :

Probabilité de paternité : 99 %

« J'ai un enfant », murmurai-je.

« Félicitations papa. » Janine me fit un sourire tremblant. « Je sais que ce n'est pas ce à quoi vous vous attendiez, mais vous serez un bon père, M. Forester. »

Père. Ce mot qui s'applique à moi désormais n'avait pas l'air réel.

« Janine. » Je me raclai la gorge et me rassis. « Appelez mon avocat et demandez-lui de procéder aux formalités administratives relatives à la garde. J'en aurais besoin aujourd'hui, pour aller récupérer mon... fils.

Mon Fils.

« Oh mon Dieu. Je suis papa...

Janine me toucha de nouveau l'épaule et se dirigea vers la porte. « Je vais m'y mettre tout de suite. »

Après son départ, je m'assis, complètement assommé avant de sortir mon téléphone et de passer l'appel.

« Enfin, » répondit-elle. « Alors ? Qu'est-ce que tu veux ? »

« J'ai reçu les résultats »

Elle ne me laissa pas le temps de finir. « C'est ton fils. »

« Oui, c'est mon fils. » Je posai mon téléphone sur le bureau et appuyai sur le bouton du haut-parleur. Ma tête me faisait mal et la nouvelle m'avait complètement pris par surprise. J'étais à la fois heureux et terriblement effrayé.

Je ne connaissais rien aux enfants.

« Alors, viens le chercher. »

J'étais son père, mais elle était sa mère !

« Cassandra, il ne va pas vous manquer du tout ? » lui demandai-je. « Comment pouvez-vous traiter un enfant de cette façon ? C'est pas n'importe quel enfant, là c'est encore pire, c'est votre enfant.

« Quand seras-tu ici ? » Répondit-elle sans répondre. « Il sera prêt à partir. »

Le choc m'avait engourdi l'esprit. Malgré la gravité de la situation, je n'arrivai pas à avoir cette horrible conversation autrement qu'en pilote automatique : « Mon avocat est en train de rédiger des papiers que vous devrez signer. Je veux la garde complète. Et je ne veux pas devoir passer par le tribunal pour l'obtenir.

Cassandra, vous réalisez que vous ne reverrez jamais votre fils si vous signez les papiers, n'est-ce pas ? Je vais m'occuper de lui, sa vie se fera sans vous qui semblez le haïr.

« Oui peu importe. Pas la peine d'en faire toute une histoire. Alors, dépêche-toi et ramène-moi tes papiers et je les signerai. Je veux me débarrasser du cadeau empoisonné que tu m'avais donné.

Mais quelle chienne.

« Bien. Je serai là dès que mon avocat me dira que les documents sont prêts. Au revoir. » Je raccrochais, ayant eu l'impression d'avoir eu une conversation avec le diable.

L'interphone retentit. « Brad Moore est ici pour vous voir. »

Bien qu'elle soit très protectrice, Brad était probablement l'un des seuls hommes que Janine laissait passer me voir sans avoir pris rendez-vous au préalable.

J'étais encore choqué par la nouvelle que je venais de recevoir, je m'assis lourdement dans mon fauteuil. « Faites le entrer, s'il vous plaît. »

Brad comprit au premier regard que quelque chose n'allait pas. « Que se passe-t-il ? »

Je secouai ma tête engourdie.

Il se dirigea vers mon bureau en attrapant le siège en face de moi. « Tu ressembles à quelqu'un qui vient d'apprendre que son chien est mort. Mais tu n'as pas de chien, n'est-ce pas ? » J'avais du mal à trouver mes mots. Comment expliquer cette situation à quelqu'un ? Sans ménagement, il faut croire.

« J'ai un fils, Brad. »

Ses yeux bleus s'écarquillèrent. Il resta bouche bée. Il se leva et frappa les paumes de sa main contre le bureau en faisant un grand bruit. « Qu'est-ce que tu racontes ? »

C'était exactement le genre de réaction que j'attendais.

« J'ai un fils de deux ans. Il s'appelle Braiden Michael. Je me levai et me dirigeai vers le mini frigidaire pour prendre une bouteille d'alcool. Je tendis une bière à Brad, et j'en ouvris une pour moi aussi.

Brad regardait la sienne sans la décapsuler. « Tu sais qu'il est neuf heures du matin, n'est-ce pas ? »

En enlevant le bouchon métallique de la bouteille, je hochai la tête. « Qu'est-ce que ça change ? » lui dis-je sans aucune expression.

Avec un haussement d'épaules, il ouvrit sa bouteille et but une gorgée. « Une nouvelle escalade dans notre vie de débauche... » Il retourna s'asseoir dans son fauteuil, l'air aussi pensif que je l'étais. « Qui est la mère ? »

« Une rousse d'un club de strip-tease dont je ne me souviens absolument pas. Si l'ADN ne l'avait pas confirmé, je ne l'aurais pas cru ».

« Alors, qu'est-ce que tu vas faire maintenant ? » Demanda-t-il, en prenant une gorgée de sa bière froide. « Qu'est-ce qu'elle te demande pour avoir la garde, beaucoup d'argent ? »

« Absolument pas. »

Je me dirigeai vers le canapé. Je voulais m'allonger une minute. Laissez mon corps digérer ce que mon esprit essayait lui aussi d'accepter. « C'est moi qui en ai la garde, à présent. »

« Quoi ? » Brad se retourna sur la chaise pour me faire face alors que je me laissais tomber sur le fauteuil en cuir noir rembourré. « Tu n'as pas le droit de le séparer de sa mère, Gannon ! »

En pressant mon front contre la bière froide, je secouai la tête. « Elle ne veut pas de lui. Elle allait donner le gosse aux services sociaux si je ne le prenais pas.

Le visage de Brad passa de la stupéfaction à l'horreur. « Elle quoi ? »

« C'est une vraie garce, Brad. C'est véritablement la femme la plus méchante que j'ai jamais rencontrée. Je ne sais absolument pas ce qui a bien pu me passer par la tête, mais je l'ai bel et bien baisé sans utiliser de préservatif apparemment. « Je pris une autre grande rasade de bière, en essayant de noyer les angoisses qui me submergeaient . « Brad, j'ai besoin d'aide. J'ai vraiment besoin de toi sur ce coup là, mec.

« Tu ne te souviens vraiment pas d'avoir couché avec cette femme ? »

« Pas du tout. » Je tournai la tête vers le papier sur le bureau. « Mais selon le test ADN, ce garçon est vraiment le mien. »

Brad se dirigea vers le bureau et prit les résultats, qu'il fixa un moment. « Eh bien, au moins, tu as été assez intelligent pour ne pas la croire sur parole. Et maintenant ? »

Je fis un autre geste : « Dès que mon avocat appelle pour me dire que les documents sont prêts, je vais le chercher. » Je fermai les yeux. « Brad, qu'est-ce que je vais faire ? Je ne sais pas comment élever un enfant. Je ne sais pas comment m'en occuper. Qu'est-ce que ça mange un enfant de deux ans ? Quelle boisson lui faut-il ? Qu'a-t-il besoin de faire ? Est-ce qu'il peut se laver tout seul ? Il sait s'habiller ? Parce que je n'ai aucune idée de ce dont il aura besoin. »

« Tu as besoin d'une nounou, Gannon. »

« Et vite », dis-je très vite. Je portai la bouteille à mes lèvres, mais elle était vide. « Merde ! »

Brad tendit la main et me prit la bouteille. « Un père ne doit pas boire la journée. Je ne pense pas qu'ils boivent, de toute façon. Pas le jour où ils rencontrent leur enfant. »

« Je l'ai déjà rencontré », l'informai-je. « Il y a quelques jours. Elle le traitait comme un chien. C'est pourtant un gentil petit garçon, Brad. Il a été silencieux, calme, gentil. Je ne savais pas encore que c'était mon fils. Oh, et selon sa mère, il ne sait pas parler. Je ne sais pas si les enfants de deux ans peuvent parler ou pas ».

Il haussa les épaules. "Je n'en ai aucune idée, mec. Je ne sais pas, mais si tu me fais une promesse, je pense pouvoir t'aider. »

Je le regardai, interloqué, il souleva une chaise et s'assit à côté de moi. « D'accord... Comment ? »

« Tu dois d'abord me promettre quelque chose, Gannon. Je suis très sérieux à ce sujet. Extrêmement sérieux. »

Un peu énervé, je me frottai la nuque et soupirai. « Qu'est-ce que je dois promettre ? »

Il fronça ses sourcils blond clair. « Tu te souviens de ma petite sœur ? »

J'avais souvent entendu parler d'elle, même si nous ne nous étions jamais rencontrés. « Oui, vaguement ?

« Elle est en deuxième année d'études et se spécialise dans le développement de la petite enfance. Elle cherche un job qui lui permettrait de payer ses factures, elle souhaite aussi mettre en pratique toute la théorie qu'elle a apprise. L'université ne la laisse pas s'occuper de vrais petits humains. Je suis sûr qu'elle sauterait sur l'occasion pour s'occuper de ce gamin pour toi. »

Je sautai sur mes pieds, soulagé par cette perspective. « Brad, ce serait fantastique... »

« Calme-toi, Gannon. » Il se pencha vivement en avant, les yeux brillants. « Si je fais ça pour toi, je ne veux pas que tu poses, ne serait-ce qu'un seul doigt sur Brooke. »

Je commençai à protester et il me coupa la parole. « Parce que si tu le fais, alors je devrai t'ouvrir la poitrine et te dévorer le cœur. » Il frappa son poing sur ma poitrine juste une fois. « Je suis très très sérieux, Gannon, si tu comprends ce que je te dis, alors c'est bon.

« Je dois laisser ta petite sœur tranquille. » Cela allait être facile, je ne comprenais pas pourquoi il en faisait toute une histoire.

« Je veux être sûr que tu tiendras ta promesse. Si tu acceptes ces termes, c'est d'accord. Et tu as intérêt à bien la payer. » Il me frappa une fois de plus la poitrine.

« Calme-toi, Brad. Je n'ai absolument aucune intention de poser mes mains sur ta petite sœur. Dis-moi les mots magiques que tu veux que je répète et je le ferai.

« Moi, Gannon Forester, jure solennellement de ne jamais draguer, caresser ou harceler sexuellement la petite sœur de mon meilleur ami, la prunelle de ses yeux et la fille la plus douce et la plus innocente de la planète. »

Mais de qui parle-t-il ?

Tout ce qui me restait à faire était de hocher la tête en récitant ses paroles, conclure notre accord et obtenir la baby-sitter dont j'avais besoin. « Et elle pourrait emménager avec nous aussi ? J'aurai besoin d'elle vingt-quatre heures sur vingt-quatre.

« Je dois voir cela avec elle, mais je suppose que oui. Ce sera moins de factures à payer pour elle. »

Je faillis m'écrouler de soulagement. J'avais maintenant un enfant et une baby-sitter qui allait pouvoir m'aider à l'élever. Les évènements n'étaient peut-être pas aussi terrifiantes après tout.

4

BROOKE

Cela faisait trois jours que j'avais dit à mon grand frère que je cherchais un travail comme garde d'enfants. Il avait débarqué quasiment aussitôt avec une nouvelle incroyable : « Tu vas devoir vivre là-bas. Ce sera un travail à temps plein, Brooke. Le petit garçon a deux ans et son père n'a aucune idée de comment élever un enfant. Il vient juste de découvrir qu'il est père. Ton rôle sera de prendre totalement en charge le petit garçon. Est-ce quelque chose que tu penses pouvoir gérer ? »

Assis sur le lit de mon dortoir, je réfléchissais en me mordant la lèvre. « Et la fac ? »

« Tu m'as dit que la plupart de tes cours étaient accessibles en ligne, ce semestre », m'avait-il rappelé. « Vivre chez lui te fera économiser de l'argent en logement et en repas, parce qu'il se chargera de cela aussi. Il te paiera suffisamment pour que tu puisses obtenir ton diplôme sans devoir prendre de crédit, Brooke. »

« En effet. » Je hochai lentement la tête. Ce genre d'opportunité semblait trop bon pour être vraie, et je n'allais certainement pas laisser passer cette chance.

Le père ne sera presque jamais là-bas, poursuivit-il. « Son travail exige qu'il soit très souvent absent, ce qui veut dire que la plupart du temps, il n'y aura, que toi à la maison, et le personnel. » Il jeta un coup d'œil au lit de mon colocataire absent et s'y assit après avoir tiré la couverture pour couvrir les draps défaits.

« Et lequel de tes amis est-ce, Brad ? »

Une main caressa sa barbe alors qu'il évitait soigneusement mon regard, essayant de paraître nonchalant. « Gannon Forester, l'homme qui m'a donné mon premier emploi. »

Mes yeux sortirent de mes orbites. Gannon était non seulement l'ami à la réputation la plus sulfureuse de mon frère aîné, mais aussi le plus fortuné. Et je savais que cela voulait dire qu'il obtenait toujours tout ce qu'il voulait. « Lui ? »

Brad acquiesça simplement en continuant de regarder tout autour de la petite pièce. « Tu vas enfin pouvoir dire au revoir à ce trou à rat. Ce n'est pas trop tôt. »

Je n'avais jamais rencontré M. Forester. Mais j'avais entendu Brad raconter à quel point c'était un coureur de jupons. Comment allais-je pouvoir vivre avec un homme comme ça ? « Euh, il n'a pas la meilleure des réputations, et vivre sous son toit... »

Les yeux bleus de Brad se posèrent sur les miens. « Ne t'inquiète pas, Brooke. Je lui ai clairement expliqué qu'il ne devait sous aucun pretexte, poser un seul doigt sur toi. Il m'a fait la promesse solennelle qu'il ne te fera jamais rien. Même pas le moindre flirt. S'il le fait, dis-le-moi, pour que je le remette à sa place. »

Je ne détestais absolument pas flirter. J'étais juste... timide. Et totalement inexpérimentée. Et si j'allais vivre auprès de cet homme, je voulais me rassurer que je serais en sécurité, évidemment. « Et ce pauvre garçon, sa mère allait vraiment le renvoyer aux services sociaux ? C'est vraiment terrible. » Cette pensée me fit mal au cœur.

« Oui, » Brad se leva et alla regarder dans mon placard. « Toutes tes affaires sont là ? »

« Oui. Je commencerais aujourd'hui, alors ? » J'enfilai rapidement mes baskets posées au pied de mon lit.

« Oui, ce serait bien. Je pense que tu devrais venir avec moi le rencontrer avec son enfant avant de prendre ta décision. » Il se tourna pour me faire face. « Si après les avoir rencontrés, tu penses que tu veux te lancer là-dedans, nous reviendrons chercher tes affaires. Si tu n'es pas sûre de ton coup, tu peux toujours les laisser ici, je me charge de payer pour le reste du semestre, au cas où tu déciderais de revenir. »

Je n'avais jamais laissé mon frère payer pour quoi que ce soit, mais il avait raison cette fois-ci, j'avais du mal à joindre les deux bouts. « Vous avez à peu près le même âge, n'est-ce pas ? » Je me levai et suivis mon frère hors de mon dortoir.

« Oui, il a trente ans. Il a dix ans de plus que toi. Tu le trouveras sûrement pas du tout séduisant. » Il s'arrêta et me prit par le bras, me regardant dans les yeux. « N'est-ce pas ? »

« Calme-toi... Je ne trouve pas les vieux types à mon goût, Brad. » Peut-être que j'étais ringarde, mais a vingt ans, j'étais toujours vierge. Mes expériences se limitaient à quelques baisers et caresses. J'attendais encore de rencontrer l'homme idéal.

Il nous fallut environ une heure pour nous rendre à l'immense demeure de Gannon Forester.

« Mon Dieu, Brad. C'est plus grand que chez toi à Malibu. » Je ne pouvais pas croire qu'un endroit aussi magnifique puisse exister. J'adorais son style rustique. La maison ressemblait à une immense cabane en rondins avec un porche couvert qui n'était qu'une partie de la gigantesque maison. De grands pins bordaient la route asphaltée. La pelouse verte luxuriante était bien entretenue, donnant à l'endroit un air presque artificiel.

« Ouais, Gannon aime son petit coin de nature sauvage dans la forêt. » Ce n'était pas vraiment une forêt, juste les collines d'Hollywood.

À la porte, un majordome, se présentant sous le nom d'Ashe, nous accueillit.

« Qui a un majordome de nos jours ? » Murmurai-je à Brad alors que nous traversions un nombre vertigineux de pièces. Enfin, Ashe s'arrêta devant une pièce d'où provenaient des sons de dessins animés.

Brad haussa les épaules.

Ashe me fit un sourire. « M. Gannon est là avec son nouveau fils.

D'un signe de tête, il nous laissa entrer dans la pièce. Mon frère ouvrit la porte. » Gannon, je te présente Brooke. »

Je ne vis d'abord que le dos de l'homme pour lequel j'allais travailler. Ses cheveux sombres étaient coupés courts et de façon nette, il se tourna vers nous, et les yeux bleus et profonds qu'il posa sur moi, me laissèrent sans voix.

« Brooke, c'est un plaisir de faire votre connaissance. » Il s'approcha de moi et un petit garçon aux énormes yeux bleus et au visage mouillé de larmes, sauta immédiatement du canapé et se précipita se tenir à côté de lui, glissant un bras grassouillet autour des longues jambes de l'homme. Il était évident que le pauvre petit garçon était perturbé. Il venait en l'espace d'une journée de perdre sa mère et de se découvrir un père, il devait être terriblement anxieux.

« Bonjour, monsieur Forester », le saluai-je, puis je souris au bambin. « Salut. »

Le pouce enfoncé fermement dans sa bouche, le garçon tenta un petit sourire.

« S'il vous plaît, appelez-moi Gannon. Et voici mon... fils, Braiden.

« Bonjour, Braiden. » Brad se pencha et tendit la main. « Je suis ton oncle Brad. C'est un plaisir de faire votre connaissance. Mon frère prit la main du petit garçon et la secoua, le faisant rire avant qu'il ne retire sa main.

Même le rire du petit garçon était adorable.

Son père fit lui aussi, un petit rire, d'une manière qui était tout sauf adorable. C'était un son profond et enroué, incroyablement sexy.

Ce n'était pas vraiment le moment de penser à ça. Je n'avais jamais pensé à ce genre de choses auparavant. Je ne trouvais pas les hommes âgés attirants. Alors que se passait-il exactement ?

Bien sûr, Gannon Forester était grand. Il frôlait le mètre quatre-vingt-dix. Ses épaules étaient larges, musclées, imposantes et son long torse musclé se profilait jusqu'à une taille qui n'était pas tout à fait étroite, mais plus mince que son torse. De longues jambes, recouvertes d'un jean bleu recouvrait ses cuisses musclées, et me firent déglutir péniblement. L'homme était un chef-d'œuvre de la nature, simplement vêtu d'un t-shirt blanc et d'un jean bleu délavé. Et pieds nus.

Même ses pieds sont magnifiques.

Je ne m'étais pas rendu compte que je dévisageais l'homme des pieds à la tête. Je me secouai intérieurement, et lui fit un sourire que j'espérais aussi neutre que possible. « Devrions-nous discuter de l'arrangement ? » Quelqu'un devait se décider à parler des modalités de l'emploi, et j'étais prête à le faire.

« Bien sûr », lâchèrent les lèvres fuselées de Gannon. Oui, même ses lèvres avaient l'air d'être taillées dans du marbre. Ses traits étaient nets, mais doux, encadrant ses yeux magnifiques. C'étaient des piscines bleues entourées de cils épais, sombres et luxuriants. N'importe quelle fille tuerait pour avoir des cils naturels de ce genre. Le petit garçon avait exactement les mêmes, remarquai-je après un autre regard. Le garçon finit par lâcher la jambe de Gannon et se dirigea vers le canapé, où il regardait un livre d'images un peu abîmé.

« Votre fils vous ressemble énormément », lui dis-je. « Il va en briser des cœurs, dans quelques années. » Je croisai le regard que Gannon posait sur moi. Il avait un sourire sexy sur les lèvres. Choquée par mes propres paroles, je rougis. Ahhh... zut...

Je détournai le regard, intimidée alors que Gannon démarra l'entretien : « Je tiens à te payer ce que tu veux. Ta chambre sera adjacente à celle que j'ai aménagée pour Braiden. Elle se trouve en face de la mienne. »

Mon frère l'interrompit. « C'est un peu trop près, tu ne crois pas, Gannon ? » Ses yeux bleus me traversèrent avant de regarder Brad, une nouvelle fois. « C'est pour le garçon, Brad. Je veux qu'il se sente en sécurité. Après tout ce qu'il a traversé, je veux qu'il se sente en sécurité et qu'il soit aimé. «

Le regard dubitatif de Brad me mit sur les nerfs, et avant même de m'en rendre compte, je pris la défense de mon nouveau patron : « Brad ! Peux-tu s'il te plait ne pas te conduire de cette façon. Peu importe ce qu'il a fait dans sa vie personnelle, ces dernières années. Il est père maintenant. Il pense juste à son petit garçon. »

« Désolé, sœurette. » Dis Brad, malgré son air suspicieux. « Tu as raison. Désolé, Gannon. »

Gannon rit doucement. « Sensationnel. Ta sœur est une vraie tigresse, Brad. Je suis heureux de savoir qu'elle va prendre soin de mon fils. » Ses yeux se posèrent une nouvelle fois sur moi. « Je t'en prie, dis-moi que tu veux ce travail. Je suis tout à fait sérieux quand je dis que je paierai volontiers le prix que tu exigeras. Je n'ai aucune idée du tarif en vigueur pour les nourrices, mais je veux que tu sois la nourrice la mieux payée de l'histoire. »

« Je ne pourrai pas travailler le mardi et le jeudi matin jusqu'à 11 heures, » lui dis-je, au cas où Brad ne l'aurait pas fait. « J'ai cours une heure par jour, et cela me prendra une heure pour rentrer. Est-ce que cela est un problème ? » Je me mordis la lèvre, espérant nerveusement que cela ne me ferait pas manquer cette opportunité unique.

« Pas du tout », sa réponse fut très rapide. « Je vais ajuster mes horaires de travail pour pouvoir être présent ces jours-là. Auras-tu besoin d'autre chose ? Tu auras aussi besoin d'une voiture, pour t'emmener à l'université et d'autres endroits.

« J'ai la voiture que mon frère m'a donnée il y a quelques jours. Je n'ai pas besoin de voiture, merci. Et je n'ai pas besoin de beaucoup d'argent non plus. Cinq cents par semaine me parait juste, surtout que vous fournissez également le logement et les repas. »

Gannon secoua la tête. « Non. Je ne peux pas te payer seulement cinq cents par semaine. J'ai été clair, je veux te donner le maximum. Que dirais-tu de mille par semaine, je m'engage aussi à rembourser ton prêt étudiant et à payer le reste de tes études ? Cela me parait juste. Tu vas à l'université pour apprendre à t'occuper des enfants après tout. Je veux t'aider à réaliser cela.

Mon frère se leva et répondit rapidement, à ma place : « Vendu ! »

Après un regard à mon frère, mon nouveau patron et son adorable fils, je sentis mon cœur s'alléger. Mon avenir, l'état de mes finances, tout me semblait soudain, beaucoup plus positif.

5
―――
GANNON

Braiden et moi étions toujours devant les dessins animés après le départ de Brooke et Brad. Braiden m'avait demandé de lui lire son livre entre deux épisodes, l'installant dans ma main et me souriant avec espoir. Ce sentiment chaud et doux que faisait naître les moindres gestes du bambin ne me quittait pas.

Était-ce donc cela être papa ?

Epuisé par les larmes du début de la journée et le bouleversement total de sa vie, Braiden avait fini par s'endormir sur le canapé. Je pouvais enfin me relaxer un petit peu, et laisser mon esprit vagabonder vers la jeune femme qui allait vivre sous mon toit. La première fois que j'avais posé mes yeux sur elle, je m'étais rendu compte que tenir la promesse que j'avais fait à Brad, allait s'avérer très difficile.

Pourquoi n'était-elle pas une version féminine de Brad ?

C'est ce que j'avais imaginé quand il avait dit qu'il avait une sœur qui pourrait être la nourrice de mon fils, après tout.

Elle avait des traits similaires à ceux de son frère : des cheveux blonds et des yeux bleus. Mais c'est là que s'arrêtaient les similitudes. Ses longs cheveux avaient des mèches dorées qui attiraient la lumière. Le bleu de ses yeux ressemblait à des flaques limpides d'eau bleue pétillante. Ses joues roses étaient pulpeuses et charnues, tout comme ses lèvres teintées d'un rose de fraise.

Je savais que je ne devais pas penser à elle de cette façon. Brad me tuerait certainement s'il savait que je fantasmais à ce point sur sa petite sœur.

Brooke était la petite sœur de son meilleur ami, et la baby-sitter de son fils. Il devait absolument se tenir à l'écart de la jeune femme, sexuellement parlant !

Absorbé dans ses pensées, il ne regardait pas vraiment le chat gris poursuivre la souris énergique sur l'écran de son téléviseur. Les choses avaient changé du tout au tout ; d'habitude, cet écran ne diffusait que du sport ou des films.

Lentement, Brooke fit de nouveau irruption dans son cerveau. Il repassait en revue tous les évènements dans sa tête. Son corps en courbes et voluptueux. Sa tête lui arrivait à l'épaule. Il imaginait la magnifique jeune femme dans ses bras. Ses seins étaient lourds, gros. Ses hanches sensuelles, rondes et son cul… il se sentit durcir à la seule pensée de son derrière.

Braiden marmonna quelque chose dans son sommeil et il se précipita pour le rattraper avant qu'il ne tombe du canapé. « Doucement, petit gars », murmura-t-il en le portant vers la pièce qu'il avait aménagé pour lui, et décoré pour en faire une chambre d'enfant. Janine était allée se procurer les choses les plus élémentaires, comme un lit de petit garçon et quelques jouets, mais Brooke aurait besoin de les décorer entièrement.

Alors que je glissai doucement mon fils sous les couvertures et caressai son front avec hésitation, Brooke me revint à l'esprit. J'allumai la veilleuse et sortis de la pièce, laissant la porte entrouverte au cas où il pleurerait à nouveau.

Mon sexe était dur, je franchis la porte de ma propre chambre et m'allongeai sur le lit, cherchant ma bite engorgée pour la libérer.

Je n'allais jamais arriver à me défaire de mon attirance pour Brooke.

J'allais devoir appeler Brad et lui dire que je ne pourrais pas tenir ma promesse.

Mais ce serait une erreur. Braiden avait besoin d'elle. Si je m'en tenais aux fantasmes sexuels sur elle, cela devrait passer, n'est-ce pas ? Il n'y avait pas de mal à cela, tant qu'il n'y aurait pas de contact ?

Mes yeux se fermèrent en pensant à ses douces lèvres sur les miennes et je me laissai aller à fantasmer sur la jeune femme qui était sur le point d'emménager chez moi avec mon fils.

Mon fantasme devint plus sensuel, et m'emmena dans un corps à corps avec Brooke, nos vêtements éparpillés sur le sol.

Debout au-dessus d'elle, je baissai les yeux sur sa tête blonde alors qu'elle prenait ma bite dure dans sa bouche, sa tête allait et venait sur moi, avec impatience. Son doux gémissement vibrait sur ma bite et je gémissais de désir, à mon tour.

Incapable d'en supporter plus, je la soulevai, la plaquai contre le mur et l'attrapai dans un baiser brûlant alors que ses hanches m'entouraient. « Tu as envie de moi, bébé ? » Murmurai-je en caressant son corps lisse et souple.

« S'il te plaît, Gannon… » Gémit-elle alors que je glissai en elle, et poussait pour pénétrer plus loin à l'intérieur d'elle. « Ahhh… bébé… » Ses gémissements me rendaient fou, son souffle chaud chatouillant mon oreille.

« Tu es tellement étroite, chérie. J'adore, » je gémis, soulevant ses fesses et allant encore plus profond en elle. « Je ne te fais pas mal, n'est-ce pas ? »

« Non. » Elle m'embrassa fort, ses bras autour de mon cou, ses seins magnifiques se pressant contre ma poitrine. « Baise-moi, Gannon. Plus fort.

C'est ce que je fis, la prenant plus fort jusqu'à ce qu'elle frissonne et crie d'extase, la tête en arrière. Je lui mordis doucement la gorge, et jouit en elle, la remplissant de mon sperme.

« Brooke, » je gémissais, encore et encore, la tenant fermement contre moi, mes hanches encore secouées de soubresauts. « Bébé. Oui… »

Ses mains caressaient mes cheveux alors qu'elle essayait de reprendre son souffle, avec juste un mot sur ses lèvres douces. « Magnifique. »

Vivre avec Brooke allait se révéler être problématique, son côté angélique, je savais qu'il cachait certainement un tempérament fougueux qu'elle devait garder pour la chambre à coucher. Elle devait être une sainte en public, et garder son côté sexuel pour l'heureux homme qui partagerait son lit.

Je levai les yeux au plafond, me remettant à peine de mes émotions, quand mon portable sonna. « Gannon », répondis-je à l'appel sans regarder qui appelait.

« Bonjour, monsieur For... euh, Gannon. »

J'eus un autre délicieux frisson de plaisir inattendu me secoua en entendant sa douce voix. « Bonjour Brooke. Tout va bien ? »

« Oui, ça va. Vous êtes à bout de souffle. Braiden vous a épuisé ? »

J'attrapai un coussin et étouffai un gémissement affamé, le désir renaissant, grâce à cette voix douce et innocente diablement sexy. « Oui, il est un peu coquin. Nous jouions à chat. »

« J'appelai avant de quitter la ville, pour savoir si Braiden ou vous avez besoin de quelque chose. Est-ce qu'il a des couches, du lait, a-t-il besoin de quelque chose ?

Elle était tellement attentionnée.

« Oh, c'est une bonne idée. Je sais que nous avons du lait. Je ne sais pas ce qu'il en est des couches ou des couches culottes. Sa mère me l'a confié sans consignes ou quoi que ce soit d'autre. J'ai demandé à mon assistant de lui apporter des vêtements plus tôt dans la journée. Est-ce que tu sais s'il porte une couche ?

« Il suffit de tirer un peu le dos de son short pour voir s'il porte un sous-vêtement ou une couche. »

« Oh oui. J'ai vu quelque chose qui ressemble à un tissu blanc et épais lorsque nous courions. Est-ce une couche ?

Une couche-culotte, je suppose, mais qui sait. D'accord, je vais prendre ce qu'il faut. Je suppose que vous ne savez pas s'il prend un biberon le soir, n'est-ce pas ? Vous savez, pour l'aider à s'endormir », avait-elle ajouté, avant que je puisse demander pourquoi.

« Il n'en a pas eu besoin tout à l'heure pour s'endormir », remarquai-je. « Alors peut-être qu'il n'en utilise pas. »

« Endormi ? » Demanda-t-elle, soudain perplexe. « Je pensais que vous jouiez. C'est ce qui vous a essoufflé, n'est-ce pas ?

Merde...

« Ouais. Euh, bien je lui ai dit d'aller s'asseoir et regarder des dessins animés, et c'est seulement après qu'il s'est endormi. »

« Huh. C'est normal. Le pauvre petit gars était épuisé après tout. Je vais prendre quelques affaires et ensuite j'arrive. Brad m'a aidé à tout mettre dans la voiture... »

« D'accord. À bientôt, Brooke. » Je raccrochai, avant de me cogner la tête contre le mur, baissant les yeux sur la preuve flagrante de mon désir pour la nourrice de mon fils, qui avait taché mon pantalon. « Je suis stupide. Stupide. Stupide. »

Puis j'entendis une petite voix sangloter dans le couloir et je fus obligé de me ressaisir, de mettre un pantalon propre et de réconforter mon fils effrayé. Je lui tapotai le dos et entonnai une chanson, ne sachant vraiment pas ce que je faisais, mais j'essayais de toutes mes forces de lui montrer que j'étais près de lui. C'est tout ce que je pouvais faire pour lui, pour l'instant.

6

BROOKE

Quelques heures plus tard, alors que je défaisais mes valises dans ma nouvelle chambre, j'avais du mal à m'empêcher de regarder par les grandes fenêtres qui donnaient sur l'arrière de la vaste propriété. De grands arbres s'élevaient sur le terrain montueux, et je pouvais tout voir à travers les élégants rideaux.

Un léger coup me fit tourner la tête et je vis que mon nouveau patron, attendait patiemment le droit de rentrer dans mon nouvel espace privé. Il portait son adorable fils dans ses bras puissants. Il était peut-être un nouveau père, mais il semblait être fait pour cela.

« Entrez. »

Gannon posa le petit garçon qui s'accrocha brièvement à la jambe de son père avant de curieusement regarder autour de lui.

Je sortis le petit camion de pompier que je lui avais acheté lorsque je m'étais arrêté au magasin pour prendre des couches et les lingettes. « Viens ici, Braiden. » Je souris et m'accroupis. « Regarde ce que je t'ai ramené. »

Sans une once de timidité, il s'avança vers moi et se saisit du jouet que je lui tenais. Je m'étais mise à genoux pour être à son niveau. Il me prit le jouet des mains pour mieux l'examiner, puis ses yeux se tournèrent vers les miens et ses bras minuscules s'enroulèrent autour de mon cou pour me serrer dans ses bras.

Je lui souris, heureuse et surprise de la spontanéité du geste. Je le serrai à mon tour très fort avant de lui murmurer. « Salut, petit mec » en embrassant ses cheveux, puis sa joue dodue. « Je sais que tu viens de vivre une journée très difficile, mais on va essayer de changer cela. », c'était une promesse que j'avais bien l'intention de tenir, en me rasseyant pour lui montrer comment jouer avec son tout nouveau camion.

« Tu es vraiment formidable avec lui », déclara Gannon, prenant place par terre, je remarquai quand même le regard appuyé qu'il posa sur mon corps au passage. Une bouffée de chaleur me monta aux joues, et je lui lançai un regard inquiet.

Je laissai les deux jouer avec le nouveau jouet de Braiden, Gannon émettait des bruits de vrombissement de voiture, tandis que Braiden, qui ne savait pas encore parler, essayait, tant bien que mal de l'imiter. Je me levai et retournai déballer mes affaires. Un sentiment de malaise m'envahit — un sentiment qui me disait que je devais faire attention au play-boy charismatique pour lequel je travaillais et avec qui j'allais devoir vivre à partir de maintenant.

J'étais sûre que les femmes devaient avoir du mal à garder la tête froide en présence de cet homme. Mais rien de tout cela n'était pour moi, j'étais fermement décidée a me consacrer a mon travail, et uniquement à celui-ci.

Je ramassai une poignée de culottes et de soutien-gorge dans ma valise, je les tenais près de mon corps, les couvrant discrètement de mes mains pour les mettre dans la commode. Les posant dans le tiroir du haut, je les pliai, en veillant à bien les cacher.

Quand je me retournai, Gannon était toujours assis par terre, regardant attentivement Braiden qui admirait béatement son nouveau jouet qu'il promenait sur les murs et le tapis. « Est-ce que tu peux imaginer une seconde que sa propre mère l'a abandonné comme elle l'a fait ? » Il avait un air hébété, un peu triste sur le visage qui me donna envie de m'approcher et de le prendre dans mes bras.

Pas question ! Mauvaise idée ! Quel était ce sentiment ? La maîtrise de soi avait toujours été le problème de Brad, pas le mien !

Je secouai la tête et revins chercher plus de vêtements. « Non, je ne peux pas y croire. Brad m'a parlé de tout ça. Je ne peux tout simplement pas imaginer quel genre de personne ferait une chose pareille. Il ne semble pas être un garçon turbulent ou difficile. Et même si c'était le cas, ce ne serait tout de même pas une raison de se débarrasser de lui si facilement. » Ramassant plusieurs shorts, je me tournai pour retourner à la commode, mais la main de Gannon se posa sur mon bras et m'arrêta.

Le courant qui me traversa alors ne présagea rien de bon. Mes yeux étaient grands ouverts alors que je regardais sa grande main, attrapant mon poignet. Mes yeux remontèrent sur son bras jusqu'à ce qu'ils trouvent les siens. Ses épais cils tombèrent alors qu'il clignait des yeux, puis je vis ces yeux bleus. « Cette réalité me hante. Je ne comprends pas comment quiconque pourrait faire une chose aussi terrible. Et je suis content que tu sois là maintenant. Je vais faire de mon mieux pour être le père dont a besoin mon fils, mais un enfant a besoin d'une mère plus que tout, je pense. Je ne sais pas ce que je serais devenu si je n'avais pas eu une mère aimante. »

Mais je n'étais pas la mère du garçon. Je n'étais que sa nourrice. « M. Forester... » Son sourcil s'arqua. "Gannon. Bien que je veuille faire de mon mieux pour répondre aux besoins de votre fils, sachez qu'une nourrice ne peut remplacer une mère. Vous devez être à la fois le papa et la maman de ce pauvre petit garçon. »

Il me lâcha, et baissa les yeux, l'image de cet homme puissant, se ternit brièvement alors qu'il prit conscience du poids de ce nouveau fardeau sur ses épaules. « Je ne sais pas si je pourrais le faire Brooke. »

Je posai mes vêtements sur le lit, je passai la main dans ses cheveux noirs avant de m'arrêter. J'essayais honnêtement de lui transmettre ma compassion, mais...

Il leva la tête, me fixant des yeux et je réalisai que je devais me ressaisir pour notre intérêt à tous. « Gannon, je suis ici pour vous aider à traverser ce moment difficile. Vous allez être un père merveilleux, comme pour tout ce que vous avez fait dans votre vie.

Mon frère m'a tout dit de vous. Vous êtes peut-être né riche, mais vous en avez déjà fait beaucoup par vous-même. Vous devriez être fier de ce que vous avez accompli et sûr de votre capacité à élever votre fils. »

J'étais trop près de l'homme, nos visages étaient à quelques centimètres l'un de l'autre. Qu'étais-je en train de faire bon sang ?

Je reculai doucement, rompant ainsi le contact visuel, entre nous. Du coin de l'œil, je le vis secouer la tête lentement. « Merci, Brooke. J'avais vraiment besoin d'entendre cela.

Rassemblant mes vêtements une fois de plus, je me dirigeai vers la commode, sachant qu'il me fallait mettre un peu d'espace entre nous. Mon corps ne semblait pas vouloir m'obéir. Il y avait une sorte de courant électrique qui me parcourait, m'étourdissant.

En me retournant, je croisai le regard de braise qu'il posait sur moi. Il n'y avait plus aucune trace du jeune père perdu. Ce que je lisais dans ces yeux était incroyablement attirant... Il fallait que je mette les choses au point, aussi vite que possible ou je risquais de succomber au charme de l'homme.

« Gannon, Brad m'a parlé de votre succès, de votre personnalité et de votre difficulté à trouver de l'aide pour votre fils. » Je m'arrêtai alors qu'il s'allongeai sur mon lit, reposant son corps musclé sur ses coudes pliés et me regardant comme si j'étais la personne la plus intéressante du monde.

J'avalai difficilement ma salive, le regardant s'allonger sur mon nouveau lit, en essayant de ne pas m'imaginer être à côté de lui. Sous lui...

« Brad m'a également parlé de vos frasques avec de nombreuses femmes. »

Cela sembla l'atteindre et il s'assit, l'air penaud. « À propos de ça. Vous devriez savoir que les hommes exagèrent toujours sur des sujets de cette nature. Je ne suis pas aussi mauvais que certains voudraient le faire croire. »

Avec un léger rire, je pris mes vêtements et traversai la grande pièce pour les ranger.

« Je suis sûr que vous ne l'êtes pas. Mais je suis certaine que vous êtes très habile pour séduire les femmes. Je tiens cependant à vous prévenir. Je suis complètement inexpérimentée en ce qui concerne ces choses-là, donc ne vous fatiguez pas. Je suis... sans expérience.

J'espérais qu'il comprendrait le message — je ne sais pas ce que c'est donc du calme —, mais son regard se fit soudain fait plus sombre, et je compris que mes mots avaient eu l'effet inverse.

« Alors, tu n'as jamais... » Ses sourcils noirs se levèrent alors qu'il me regardait droit dans les yeux.

« Cela ne vous regarde pas », répondis-je aussi calmement que possible, même si j'étais celle qui avait abordé le sujet au départ. « Disons simplement que nous sommes tous deux neufs à bien des égards. »

« Mais je suis prêt à apprendre », dit-il doucement, son insinuation était claire.

Cet homme était un danger dans un très joli emballage.

Le temps de déballer mes affaires, je m'assis sur le sol où Braiden était en train de pousser le camion de pompier. J'attrapai le petit garçon à bras le corps, passant le camion au-dessus de sa tête et sur son ventre et la façon dont il riait me fit plaisir.

Je regardai encore une fois Gannon, qui ne m'avait pas quitté des yeux. Je compris soudain que la meilleure tactique serait d'être brutalement honnête. Il respecterait sûrement cela. « Je suis vierge, Gannon. Essayez de garder cela à l'esprit lorsque des idées salaces vous traverseront l'esprit, s'il vous plaît. »

J'ai vis ses joues rougir. Je n'avais aucune idée de ce que cela voulait dire, mais au moins j'avais tout mis au clair entre nous. Maintenant, il devait se prendre en main et essayer de montrer un peu de retenue, dans notre intérêt à tous les deux.

though
7

GANNON

Pour la première fois depuis que j'étais enfant, j'avais senti mes joues chauffer en rougissant. Elle m'avait fait rougir !

Je ne pus m'empêcher de laisser échapper un rire de gorge en baissant la tête. Puis je me souvins soudain de qui j'étais, et je me levai aussitôt. « Je suis désolé que tu aies interprété une chose que j'ai dite, comme une volonté de flirter avec toi. Ce n'est pas ce que je voulais. » C'était un mensonge flagrant, mais elle n'était pas obligée de le savoir. Si elle en parlait à Brad, il ne réfléchirait pas à deux fois avant de me l'enlever.

Je devais apprendre à me maîtriser, même si ce n'était pas une chose que j'étais habitué à faire, cela me paraissait très difficile.

Mais je devais absolument y arriver.

À présent, c'était elle qui baissait la tête avec embarras. « Je suis désolée si j'ai mal interprété la situation, monsieur. »

Elle m'appelait de nouveau monsieur !

Je m'affalai sur le sol à ses côtés pour lui montrer que cela ne devait pas affecter nos relations. Je ris d'un air amusé, je tenais à garder de bonnes relations avec elle, quoi que cela m'en coûte. « Allez, ne recommence pas à m'appeler monsieur. » Je tendis la main et attrapai Braiden pour l'asseoir sur mes genoux, espérant que cela me rendrait plus accessible et lui ferait oublier cette image de coureur de jupons, qu'elle avait de moi. La façon dont Braiden se blottit immédiatement contre moi me fit comprendre à quel point c'était indélicat de ma part d'avoir le béguin pour sa nourrice, le petit n'avait pas besoin de plus de complications dans sa vie. Ce dont il avait besoin, c'était d'un père capable de garder ses affaires dans son pantalon et d'éviter de perdre la nouvelle femme de leur deux vies, qui allait nous aider à comprendre ce qu'était être père et fils.

« Nous allons tous nous habituer à cette nouvelle situation. Nous sommes tous ensemble dans cette galère. Et ses liens que nous allons tisser sont très semblables à ceux d'une famille. Et tu es la figure maternelle au coeur de cette nouvelle famille. » Elle secoua la tête, mais je ne la laissai pas m'arrêter, « Tu peux ne pas être d'accord, Brooke. Cela ne changera rien au fait que ce petit garçon a besoin d'une mère et que ce sera ton travail dans les prochaines années. Au moins jusqu'à ce qu'il aille à l'école. Et peut-être même après ça.

Avec un soupir, elle me regarda, résignée. « Je suppose que vous avez raison. Je vais m'y habituer. Nous allons tous devoir nous habituer à endosser de nouveaux rôles. Vous en tant que père et le garçon en tant que fils chéri, ce qui n'aurait jamais dû arriver. Pauvre bébé. » Elle tendit la main et toucha la chevelure douce de Braiden, niché contre mon épaule. « Et moi en tant que rôle principal de femme dans sa vie. »

« D'accord, alors. » Avoir réussi à parler de cela avec elle m'avait rassuré. « Es-tu prête à endosser ton rôle de baby-sitter, Brooke ?

« Bien sûr », son ton était sans équivoque et son sourire éclatant. « je gère, Gannon. Allez faire ce que vous avez à faire. Braiden est entre de bonnes mains avec moi.

Elle déposa Braiden par terre, je me levai et ébouriffai sa tignasse de cheveux noirs avant d'embrasser sa petite tête. « Je vous verrai donc plus tard, tous les deux. » En sortant de sa chambre, je me retournai pour leur jeter un dernier regard, elle jouait de nouveau avec Braiden et son camion. Mon cœur se serra étrangement et je soupirai intérieurement.

Quand étais-je devenu si émotif ?

Après avoir rapidement changé de vêtements et revêtu un costume pour le dîner, je me rendis au rendez-vous avec August et Nixon. C'était notre activité habituelle du vendredi soir depuis notre rencontre à Vegas.

Les deux autres hommes étaient déjà assis, comme je l'avais découvert lorsque le maître d'hôtel m'emmena à leur table. C'était une petite table pour quatre, située à l'arrière de la salle, je les trouvai déjà un peu éméchés, de très bonne humeur. « Bonsoir. » Je pris place alors qu'ils me regardaient tous les deux avec une expression curieuse.

C'est August qui lança l'offensive en premier : « Tu as donc une heure de retard. Qu'est-ce qui t'arrive ? »

Mon sourire était un peu fatigué, le serveur se dirigea vers moi. Après avoir commandé mon verre, je décidai de leur raconter ce qui se passait dans ma vie. Une bonne demi-heure et deux verres plus tard, je les avais complètement fascinés avec l'histoire de ma vie qui avait pris un tournant aussi abrupt.

Nixon secoua lentement la tête en murmurant : « C'est dingue, mec. »

« Quelle garce », ajouta August. « Je ne pensais pas qu'on puisse faire quelque chose d'aussi horrible. » Ses yeux étaient remplis de compassion. « Ce pauvre gosse. » Il prit ne gorgée de Scotch, du douze ans d'âge, je hochai la tête. « C'était un pauvre garçon. Il va enfin avoir une vie bien meilleure, maintenant. Et la femme que j'ai trouvée pour prendre soin de lui, va certainement le rendre plus heureux. » Je posai le verre sur la table. « Elle me rend heureux aussi, malheureusement. »

« Et pourquoi cela serait-il malheureux, Gannon ? » Demanda Nixon en faisant un signe de la main au serveur.

« Parce que c'est la petite sœur de mon meilleur ami. Il m'a défendu de flirter avec la jeune fille. » Je dus fermer les yeux pour la chasser de mon esprit. « Une jeune fille absolument magnifique. »

« Excusez-moi », dit Nixon au serveur. « Pouvez-vous nous apporter quelque chose à manger ? Des tapas. Peut-être quelque chose avec des crevettes. »

« Oh, et du fromage aussi », ajouta August. Quelque chose dans lequel tremper des chips. »

« Je reviens tout de suite », nous assura le serveur, puis il se dirigea vers la cuisine.

Tous deux tournèrent leur attention vers moi une fois de plus. August posa la question qui fâche. « Alors, elle a quel âge cette fille ? »

« Son frère m'a dit qu'elle en avait vingt. » Cela me valut des regards lourds de critique.

« Et tu as trente ans », fit remarquer Nixon. « Dix ans de plus qu'elle. Mais je suppose que cet écart ne te rebute pas, n'est-ce pas ?

Je n'avais jamais été attiré par une personne aussi jeune que Brooke. Un écart d'âge de plusieurs années avec une conquête féminine ne m'avait jamais traversé l'esprit. « Ce n'est pas son âge qui compte pour moi. C'est l'amitié de son frère qui compte. Lui et moi sommes amis depuis l'université. Nous vivions dans la même chambre en première année. Nous sommes vraiment très proches. »

August caressa pensivement sa barbe. « Alors tu connais cette fille depuis qu'elle est petite. »

« Non. » Je jetai un œil enthousiaste sur le plateau que le serveur avait placé au milieu de la table. « C'est super ! » J'attrapai un morceau de pain que je trempai dans un épais mélange de fromage blanc, débordant de minuscules crevettes. « Je n'ai jamais rencontré la famille de Brad. Lui et moi ne sommes pas ce genre d'amis, qui se présentent à leur famille respective. »

Trempant son propre pain dans la délicieuse sauce, August hocha la tête. « C'est bien. Ce serait vraiment bizarre si tu la connaissais depuis qu'elle était petite et que tu aies envie de la sauter.

Nixon acquiesça de la tête. « Puisque tu viens de la rencontrer, je suppose que ça va. Mais tu ne dois surtout pas craquer. Pas si ça risque de te faire perdre un ami de longue date. Trouve quelqu'un pour te changer les idées. » Il indiqua du menton la table à notre droite. « Quatre jolies dames y étaient assises.

Emmène l'une d'elles à la maison, baise-la et cela devrait t'aider à régler ton petit problème. »

En regardant la table des femmes, qui étaient probablement

disponibles, je pris le temps de bien les regarder chacune. Et rien. Pas une once de désir ou de curiosité de ma part.

Avec un soupir, j'avouai ma défaite : « C'est inutile. Je vais juste devoir accepter le fait qu'elle va passer tout le temps à la maison et que je dois la traiter comme une petite sœur. » Même moi, je savais que ce ne serait pas une chose facile à faire.

Mes deux amis éclatèrent de rire.

« Quoi ? Je peux le faire. Je peux ! » Protestai-je, bien qu'incertain.

« Bien sûr que tu peux », me nargua Nixon.

August n'était pas non plus en reste, « Ce ne sera pas si facile de calmer ta libido. »

Des rires plus forts me firent serrer la mâchoire. Je pouvais le faire. Je leur montrerai. Je montrerai à tous. Et surtout à moi.

Brooke Moore n'était rien de plus qu'une belle fille et j'en connaissais beaucoup.

Je pourrais changer un peu mes habitudes. Je pouvais la voir comme ce qu'elle était pour moi : la nourrice de mon enfant. C'est tout ce qu'elle devait être pour moi.

Ça, et la plus jeune sœur de mon meilleur ami. J'allais tout enfouir dans une jolie petite boîte.

Au début, je pensai qu'il serait préférable de passer le moins de temps possible avec elle. Jusqu'à ce que je puisse m'habituer à sa présence, ou plus précisément, que j'arrête de vouloir lui faire l'amour.

Elle était mon employée. La nourrice de mon fils. Une personne que je devais considérer au même titre que les autres femmes qui travaillaient dans mon bureau.

Après tout, il était recommandé de ne jamais mélanger le travail et le plaisir — une règle que j'avais observé toute ma vie. Ce n'était pas différent pour Brooke. Elle serait là tout le temps. Non, je n'aurais aucune difficulté à la mettre dans la même catégorie que toutes les stagiaires et auxiliaires administratives avec lesquels je travaillais tout le temps.

« Je ne vais pas tarder à rentrer. Cette journée m'a vraiment éreinté. » Je souhaitai une bonne nuit à mes partenaires commerciaux et me décidai à rentrer à la maison pour dormir du sommeil du juste.

En espérant que mes rêves ne m'emporteraient pas au même endroit que mes fantasmes précédents.

J'étais presque reconnaissant, en rentrant à la maison, et Braiden se réveilla soudainement, il avait dû être réveillé par quelque chose dans son sommeil. Je passai trente minutes à le calmer pour qu'il se rendorme. Brooke s'était portée volontaire pour le faire, mais je voulais passer du temps avec mon fils. Cela servirait un triple objectif : la laisser se reposer, me permettre de passer du temps avec mon garçon et contrôler mes fantasmes.

Au moment où Braiden s'endormit une fois de plus, blottit dans mes bras sur son petit lit, je ne pensais qu'à une seule chose, lui garantir la sécurité et l'amour après que son monde ait été si brutalement bouleversé.

« Je... t'aime, mon fils » murmurai-je alors qu'il ronflait doucement et je sus immédiatement que c'était vrai, même si nous nous venions à peine de nous rencontrer.

Il était mon sang, mais plus important encore, il était dans mon cœur depuis le moment où il m'avait souri timidement le jour où Cassandra était venue me voir.

Je déplacerais des montagnes pour son bonheur. Et cela incluait de contrôler ma libido.

8

BROOKE

Trois semaines se sont écoulées depuis que j'ai commencé mon nouveau travail, je commençais à perdre patience avec mon nouveau patron. Je savais qu'il n'avait jamais été père auparavant, et ne pensait ne pas en, mais bon sang, cet homme ne passait pas assez de temps avec son petit garçon. Au début, il avait été vraiment bien, il prenait le temps le matin et rentrait chez lui à des heures raisonnables le soir afin de pouvoir passer au moins quelques heures avec Braiden avant de devoir repartir.

Mais récemment, Gannon était devenu un fantôme. Il n'était presque jamais là, mais quand il l'était, il était incroyable, avec son fils, mais aussi avec moi. Je détestais et adorais ça tout à la fois.

Mon cœur s'accélérait juste en entendant le bruit que faisaient ses chaussures sur le sol en marbre du hall d'entrée. Braiden avait aussi une réaction similaire en entendant son père rentrer à la maison. Il se précipitait sur ses petites jambes pour aller le voir, et je devais courir juste derrière lui pour être sûr qu'il ne se perde pas dans l'immense maison à étages.

Gannon le prenait alors dans ses bras puissants, alors que j'essayais de ne pas être jalouse de lui. J'aurais aussi aimé être prise dans ses bras forts. Mais je savais que ce que je ressentais était mal.

J'avais été franche avec lui, lui faisant savoir que j'étais une petite vierge innocente qui pourrait facilement être manipulée. Mais je regrettai amèrement de lui avoir avoué cela.

Depuis cette conversation, j'avais remarqué qu'il me regardait à peine. Il était vraiment très gentil et aimable, il demandait comment je passais mes journées et comment se comportait son petit garçon. C'était très gentil.

Agréable. Correct. Ennuyeuse.

Mais mis à part mon intérêt croissant pour lui, il n'était pas le père dont le petit garçon avait besoin. Pas une fois, ces dernières semaines, était-il rentré à la maison pour mettre l'enfant au lit.

Je ne voulais surtout pas que le petit garçon s'attache davantage à moi qu'a son propre père. Mais cela se produisait déjà, car Gannon n'était pas assez présent.

En mettant Braiden au lit, je lui lus une histoire et je l'embrassai pour lui souhaiter bonne nuit. Puis je me dirigeai vers ma chambre, laissant la porte grande ouverte pour m'assurer de mettre la main sur Gannon avant qu'il n'aille se coucher.

Le temps passait et Gannon n'était toujours pas rentré. Finalement, à minuit, je fermai la porte de ma chambre, j'enfilai mon short et un débardeur, et me faufilai sous les couvertures, déclarant la journée terminée.

Alors que je fermais les yeux, j'entendis sa porte s'ouvrir et je sautai hors du lit, pour essayer de lui parler avant qu'il ne se mette au lit. Au moment où j'ouvris ma porte, je vis qu'il n'avait que partiellement fermé la sienne. « Gannon ? »

« Oui » dit-il de sa voix grave depuis l'intérieur de la pièce.

« Puis-je entrer ? » Une soudaine nervosité me tordit l'estomac. Étais-je vraiment sur le point de dire à cet homme adulte ce qu'il devait faire en tant que père ?

« Bien-sûr. Entre, Brooke. »

Je suppose que oui.

Alors je me décidai enfin à franchir le pas de la porte, je fus aussitôt arrêté net dans mon élan. Debout devant moi se trouvait

Gannon, à moitié nu, sa chemise révélant ce corps que je n'avais jusqu'ici vu que dans mes rêves.

Il avait des abdominaux parfaits, qui courraient sur son ventre plat et tonique. Ou que mes yeux regardent, je ne voyais que la perfection de son corps ciselé, et dur. Mes yeux remontèrent jusqu'à ses pectoraux recouverts de tatouage. « Tribal ? » J'aurais dû montrer plus de discrétion, mais c'était trop tard. J'aurais dû faire comme s'il était vêtu d'un costume, pas à moitié nu !

Sa main passa sur son pectoral gauche alors qu'il baissait les yeux. « Oui. »

Ses biceps étaient bombés et sur l'un d'eux se trouvait un autre magnifique tatouage sur lequel j'avais beaucoup de mal à détourner les yeux. « Ils sont beaux, magnifiques. » Je les trouvais extrêmement sexy, et je ne pouvais m'empêcher de m'imaginer en train de les embrasser...

« Merci. » Son beau visage s'éclaira d'un sourire chaud et rassurant. Il avait bu, je ne pense pas qu'il était saoul, mais il était clairement éméché, détendu. « Tu voulais quelque chose ?

Toi.

Je secouai la tête pour chasser de ma tête une réponse qui n'avait pas lieu d'être. Il fit entendre son rire si caractéristique. « Non ? »

Je respirai profondément et hochai la tête. « Je veux dire oui. Oui, j'aimerais vous parler quelques instants. »

« Oui, bien sûr » il enleva ses chaussures et s'assit sur une chaise à proximité pour enlever ses chaussettes. Ses pieds aussi étaient magnifiques.

Depuis quand étais-je attirée par les pieds ? Me demandai-je encore.

Je ramenai mes yeux à un endroit plus neutre, je me réprimandai intérieurement avant de lever les yeux sur mon patron. Je n'en revenais pas d'avoir un comportement aussi irresponsable !

« Je sais que vous êtes novice dans le rôle de parent. Et je sais que vous ne vous en rendez pas compte, mais vous négligez Braiden. » Je posai mes mains sur mes hanches, déplaçant mon poids tout en prêtant attention à sa réaction à mes mots.

Son front se plissa d'une irritation évidente. « Négliger est un fort comme mot, Brooke. Je parle au gamin tous les jours. Je lui fais des câlins tous les soirs quand je rentre à la maison et lui donne toute mon attention. » Il secoua la tête. « Ce n'est pas ce que j'appelle être négligent. »

« Vous lui accordez environ vingt minutes de votre temps par jour. Vous faisiez beaucoup mieux il y a une semaine et demie. Que s'est-il passé, Gannon ?

Il haussa les épaules. « Mes heures de travail peuvent être irrégulières. C'est pourquoi je t'ai engagé. Pour assurer une certaine stabilité à Braiden lorsque je ne peux pas être à la maison à temps. »

Je me renfrognai. Mon tempérament était naturellement doux, à moins que mes convictions fondamentales ne soient secouées, et elles l'étaient certainement maintenant. « J'espérais que vous adopteriez vous-même une certaine routine, mais vous ne l'avez pas fait. C'est la raison pour laquelle j'interviens à présent, avant qu'il ne soit trop tard et que les choses deviennent difficiles pour vous deux. » J'essayais de dire les choses de la façon la plus diplomate possible pour ne pas le mettre sur la défensive. « Certains rituels aident les enfants à créer un lien qui dure toute la vie. Par exemple, mettre son enfant au lit, lui lire des livres jusqu'à ce qu'il s'endorme, puis l'embrasser avant d'aller dormir. Vous devriez faire cela avec votre fils aussi souvent que possible

« D'accord, je peux le faire. » Il lança ses chaussettes dans ses chaussures. « À quelle heure va-t-il au lit ? »

« Huit heures. »

Son rire me fit froncer les sourcils alors qu'il secouait la tête. « C'est beaucoup trop tôt. Je ne suis presque jamais chez moi à cette heure-là. J'ai essayé de rentrer plus tôt, quand il est arrivé, mais c'est difficile. Trouve-nous quelque chose d'autre pour renforcer notre lien. Tu peux faire ce rituel avec lui chaque soir toi-même. »

Mon sang commença à bouillir dans mes veines, comme une colère incroyable montait en moi. « Gannon, je ne plaisante pas. Qu'est-ce qui est donc si important que vous sortiez tous les soirs ? »

Ses yeux bleus se posèrent sur les miens montrant un éclair de colère bleu. « Très souvent les réunions d'affaires. Je travaille avec beaucoup d'entreprises sur différents fuseaux horaires, quand c'est la nuit ici, là-bas c'est le matin. Quant au dîner, Brooke. Oui, je sors parfois dîner avec mes amis. Ce n'est pas un crime.

A présent j'étais en colère. « Gannon, votre fils est beaucoup plus important que vos amis. Il a besoin de vous mille fois plus que n'importe lequel d'entre eux.

Gannon croisa ses gros bras sur sa large poitrine. « Braiden semble bien se débrouiller avec le peu de temps que je passe avec lui. »

Il me semblait évident que j'avais besoin de mettre les points sur les i pour qu'il puisse comprendre. « C'est ce que vous faisiez avant d'avoir un fils. Maintenant, vous en avez un, et il doit être votre priorité numéro un. Vous ne pouvez plus faire passer vos amis riches, avant votre enfant !

Cela me valut un autre froncement de sourcils, qui semblait incongru sur ce si beau visage. Mais j'avais provoqué cette confrontation, et j'allais aller jusqu'au bout de ce que je voulais lui dire.

Son ton était bas, sa voix grave : « Brooke, je te paie pour faire de mon fils, ta priorité numéro un. Dis-moi si ce n'est pas le cas. »

Tremblant de colère, je décidai d'oublier la diplomatie, l'égoïsme de Gannon m'avait fait perdre mon sang-froid : « C'est votre fils, Gannon Forester. Pas le mien ! Sa mère l'a rejeté comme s'il était un bon à rien. Il est vraiment ma priorité. Mais quoi qu'il arrive, je dois m'assurer que son père soit à ses côtés. Si je dois vous harceler, vous supplier ou vous corrompre pour que vous devenir le père que cet enfant mérite, je le ferai.

La tête penchée sur le côté, il me regarda sans expression. « Te rends-tu compte de la façon dont tu me parles ? »

Je pouvais sentir mes sourcils se soulever de surprise. Cet homme n'avait-il jamais rencontré une femme en colère auparavant ? N'avait-il pas d'instinct de préservation ?

J'aurais aimé aller à l'autre bout de la pièce, et lui mettre un grand coup sur la tête, pour essayer de le faire sortir de son rôle de maître du manoir. J'enlevai mes mains de sur mes hanches pour éviter une position négative.

En utilisant une voix douce, mais ferme, comme on me l'avait appris lorsque j'étais en contact avec de jeunes enfants turbulents et bruyants, je dis : « La personne qui a le plus besoin de vous c'est Braiden. Vous devriez déjeuner ensemble tous les matins. Je me charge de le réveiller pour qu'il soit à table avec vous, à l'heure qui vous conviendra. Le dîner est aussi un autre bon moyen d'établir des liens avec lui comme un rituel de tous les jours. Il associera ainsi cet évènement au plaisir de voir son père, un être qu'il adore de tout son être. »

Un sourire souleva le coin de ses lèvres ciselées. « Il m'adore n'est-ce pas ? » En croisant ses longues jambes, il toucha son menton couvert de d'une barbe de quelques heures. Son regard se fit rêveur. « Je peux le voir dans ses yeux chaque fois qu'il court vers moi quand je rentre à la maison. Un amour sans limites, le plus pur de tous. Il me connaît à peine, pourtant nous avons une connexion si profonde et instantanée. C'est très différent de tout ce que j'ai connu jusqu'ici. »

Grâce à ces mots, mon cœur commença à se remplir d'espoir.

Peut-être qu'il pouvait être l'homme dont Braiden avait besoin dans sa vie après tout.

Mais, la suite me fit grincer des dents. « Je pense que le temps que nous passons tous les deux quand je rentre suffit. Pour l'instant. »

Ces quelques mots m'avaient mis dans un état de colère indicible. La main sur la hanche, le doigt pointé sur lui comme s'il s'agissait d'un pistolet. « Maintenant, écoutez-moi bien. Il a besoin de vous voir bien plus que cela. Beaucoup plus que vingt minutes de votre précieux temps, tous les jours.

Laissez-moi vous expliquer les choses clairement. Les temps de petits déjeuners, de dîners et de coucher sont maintenant ajoutés au temps que vous passerez avec votre fils. Faites-le, Gannon. Ou je m'en vais. » Sur ces mots, je me retournai et quittai sa chambre.

En priant que mon insolence ne m'ait pas coûté mon travail.

9
GANNON

Assis en silence et stupéfait, je regardai Brooke sortir de ma chambre à grands pas, je ne savais pas comment prendre ce qu'elle venait de me dire.

Ce qui venait de se passer, n'était pas à proprement parler une agression verbale, mais j'avais la nette impression d'avoir été assommé. Et je n'avais absolument pas l'habitude d'être traité de cette façon. Après toutes ces années à être l'un des hommes les plus puissants du monde des affaires. J'avais gagné le respect de mes pairs. Et les gens s'adressaient à moi avec respect. Je n'aimais pas que l'on me dise quoi faire.

Entrant dans la chambre de Braiden, je restai un moment à le regarder dormir. Brooke m'avait dit qu'il dormait mieux, plus longtemps, et en faisant de moins en moins de cauchemars. Pourtant, sa mère lui manquait parfois, même si elle ne l'aimait pas.

« Je t'aime », dis-je doucement en embrassant sa douce joue. « Je vais essayer de mieux faire, Braiden. Je te le promets. »

Il tira les couvertures tendrement autour de lui, je quittai la pièce et me dirigeai vers la douche. J'appréciai particulièrement de prendre une douche avant de me glisser dans des draps frais.

L'eau chaude me réchauffa les os, alors que je me débattais entre les sentiments de désir et de culpabilité. La culpabilité venait du fait que Brooke avait raison. Je voulais vraiment être meilleur comme père pour Braiden, mais j'étais coincé, car je devais lutter contre moi-même. D'une part, je voulais vraiment ce qui était le mieux pour mon fils, et d'autre part je devais aussi m'assurer de me tenir éloigné de Brooke et essayer de changer mes vieilles habitudes. Si je sortais aussi tard, c'était pour essayer de rester loin de Brooke. C'était vraiment difficile surtout que mon petit garçon me manquait et que je pensais à lui fréquemment tout au long de la journée.

Il fallait que je fasse mieux, je n'avais pas le choix pensai-je, en laissant l'eau couler sur moi. À partir de demain, je serais un meilleur père. Je me calmai après cette décision, mais une autre ne me quittait pas. Elle me prenait très fermement, alors que je pensais à la beauté de Brooke dans son petit short et son débardeur, le rose lui allait toujours si bien. La couleur accentuait son teint naturellement bronzé. Les blondes étaient toujours plus mignonnes en rose. Mais Brooke était mignonne très simplement.

J'avais remarqué que ses orteils et ses ongles avaient aussi une couleur rose pâle. Je me demandais si elle les avait peints elle-même.

Je savonnai consciencieusement mes mains, et mon sexe qui s'était lentement durci, tout en pensant à Brooke plus que je ne me l'étais permis au cours des deux dernières semaines.

En fermant les yeux, je décidai de céder à mon désir. Caressant ma bite, je pensais à elle. Dans mon imagination je décidai qu'elle était dans ma chambre pour une raison tout à fait différente.

« Gannon, puis-je entrer ? » M'appela sa douce voix.

J'étais couché dans mon lit, nu, le drap surélevé sur mon membre tendu. « Viens, bébé. Je t'attendais »

En entrant dans la chambre, elle me fit un sourire chaleureux et doux, celui qui me faisait fondre, plus que tout au monde.

Tirant sur le drap, elle baissa lentement les yeux sur mon corps nu, me rendant incroyablement plus dur d'un seul regard. Puis elle monta au pied du lit et se mit à ramper vers moi à quatre pattes. Se déplaçant entre mes jambes, elle concentra son regard sur ma bite, en léchant ses lèvres tachées de rose.

Pendant un instant, elle me regarda. Nos yeux se croisèrent alors qu'elle descendait lentement jusqu'à ce que ses lèvres touchent le bout de ma bite. Elle forma un o avec ses lèvres, juste avant que sa bouche ne me touche et ce fut le baiser le plus doux que j'ai jamais ressenti.

Avec un léger gémissement, je lui pris la tête et la pressai doucement, l'invitant à prendre plus de moi dans sa bouche. La chaleur de sa bouche enveloppa ma bite alors qu'elle bougeait sa tête doucement.

En gémissant, elle me prit de plus en plus loin dans sa bouche. Je finis par la tirer en arrière pour regarder ses beaux yeux. « La prochaine fois, ce sera à moi de te rendre la pareille », je lui promis en la soulevant sur mon membre rigide. « Mais pour l'instant, monte sur moi, bébé. »

Un sourire s'étira sur ses lèvres charnues alors qu'elle remonta sur mon corps, me chevauchant et s'installant doucement sur mon sexe rigide et dur. « Ahhh, » gémit-elle, se penchant en arrière et arquant ses hanches, me faisant gémir à mon tour aussi. « Ohh... »

Elle se mit à bouger, de haut en bas tandis que je la tenais par la taille, regardant ses seins rebondir à chaque mouvement. Ses cheveux dorés tombaient sur ses épaules étroites et sur ses seins, me permettant de regarder ses mamelons roses de temps en temps.

« Penche-toi vers moi, mon amour », la suppliai-je, et elle gémit de joie, ses tétons maintenant à portée de mes lèvres affamées. Je pris un téton rose dans ma bouche et le pinçai, la faisant gémir délicieusement. Je me mis à sucer un peu plus fort, excitant ses tétons de mes lèvres et de mes dents.

Son corps se mit à onduler sur le mien alors que je suçais et suçais, passant d'un sein à l'autre dans une frénésie croissante, adorant les sons que nous émettions et les marques que je laissais sur son corps parfait, jusqu'à ce qu'elle tremble et crie.

Je n'avais pas encore jouis, j'étais plus occupé à lui donner autant de plaisir que je pouvais. Je continuais à téter, mordiller et lécher, plus heureux que jamais de la sentir si réceptive.

« S'il te plaît, ne t'arrête pas, » répéta-t-elle encore et encore, me pressant la tête contre sa délicieuse poitrine.

En me retournant je m'enfonçai en elle encore plus profondément, lentement, la faisant attendre un peu avant de la pénétrer sauvagement, je lui murmurai des mots coquins qui la firent joliment rougir.

Ses jambes s'enroulèrent autour de moi. Ses pieds remontèrent dans mon le dos. Une fois que je sentis que j'étais au fond d'elle, je ne pus m'empêcher de faire partir enfin, mon plaisir. « Oui. Maintenant, je vais jouir », murmurai-je, l'embrassant fort et imitant la pénétration de mon sexe avec ma langue.

Elle s'accrocha à moi, criant, implorant, tremblante et me griffant le dos.

« Oui Brooke, » finis-je par gémir, alors que nous tombions tous les deux dans une spirale infinie de plaisir et d'abandon. « Jouis pour moi. »

Son corps se raidit autour de mon sexe alors qu'elle explosa de plaisir, frissonnant avec moi, comme si nous ne faisions qu'un. Alors que nous essayions de récupérer notre souffle, je la tins contre moi et embrassais ses lèvres douces sans fin.

Mon sexe avait craché dans ma main, me faisant sortir de ma rêverie érotique. Haletant fort, j'appuyai mon front contre le mur carrelé de la douche.

J'étais ensorcelé.

Ça devait être ça. Cette jeune femme m'avait ensorcelé. Il n'y avait pas d'autre explication. Personne ne s'était jamais insinué à ce point dans mon cerveau. J'avais Brooke définitivement dans la peau Et cela en seulement deux semaines.

En sortant de la douche, je pris une serviette et l'enroulai autour de ma taille, je croisai mon reflet dans le miroir au-dessus de l'évier. « Qu'est-ce qui t'arrives mec ? C'est juste une nana. Tu pourrais avoir n'importe laquelle si tu le voulais. Oublie-la. N'oublie pas que tu as promis à son grand frère de te comporter de manière honorable.

En soupirant, je me glissai entre les draps frais, et priai de ne pas rêver de la fille qui dormait de l'autre côté du couloir.

10

BROOKE

Le lendemain matin, j'étais dans la cuisine en train de faire l'inventaire de ce que je pouvais donner à manger à Braiden. Les pas de Gannnon dans le couloir me firent bondir.

« Comment va mon petit bonhomme aujourd'hui ? »

Il semblerait que mon patron ait pris en compte ce que je lui avais dit hier soir.

Consuela, la cuisinière fut la première à saluer notre employeur : « Bonjour, monsieur Forester. Prendrez-vous le petit déjeuner ici ce matin ? »

Sans le regarder, j'essayais de faire de mon mieux pour continuer à faire mon inventaire, mais mes oreilles étaient aux aguets, attendant la suite.

Les pieds de la chaise grattèrent le sol, ce qui signifiait qu'il prenait place à la table où Braiden était assis dans sa chaise haute. « Je vais déjeuner ici ce matin. » Il étouffa un rire joyeux. « Bonjour à toi aussi, mon fils.

J'étais très émue de la tendresse que j'entendis dans sa voix. Il voulait vraiment bien faire, malgré son arrogance.

« Et je prendrai le petit déjeuner ici tous les matins, Consuela.

Pourquoi pas des œufs ? Qu'importe la façon dont vous les faites. Surprenez-moi. »

Se dirigeant vers le réfrigérateur qui se fondait dans le mur aux panneaux sombres, elle sortit une boîte d'œufs et se mit au travail. Je posai mon bloc-notes et me retournai enfin pour saluer mon patron. « Bonjour. »

Regardant par-dessus son épaule, il désigna la chaise en face de lui. « Dis à Consuela ce que tu aimerais manger ce matin et installe-toi ici, Brooke. Je veux que tu fasses partie aussi de ce rituel. »

« Oh, je ne... » La façon dont il leva le sourcil me fit comprendre qu'il n'admettrait aucun refus. « Je prendrai la même chose que monsieur, Consuela. Je vous remercie. »

En lissant ma jupe qui arrivait jusqu'aux genoux, je pris place dans le siège en face de lui à la petite table du petit-déjeuner. Braiden sortit une fraise de son bol et la tendit à son père. « Comme c'est gentil, mon fils. Merci. » Il prit le fruit et l'avala en une bouchée. Puis ses yeux se sont tournèrent vers moi. « Café ? »

J'allai me lever pour lui en prendre, car c'est ce que je pensais qu'il voulait dire. « Comment le prenez-vous ? »

« Assieds-toi », dit-il avec un petit rire. « Je te demandais si tu voulais du café. Je ne te demandais pas de m'apporter du café. »

« Oh. » Je me sentis soudain très stupide, je haussai les épaules, essayant d'oublier cet incident. « Oui, je voudrais bien une tasse. »

Nous ayant entendu, Consuela nous avait déjà fait envoyer des tasses et une cafetière de café fraîchement moulu. Elle plaça les tasses devant nous, elle les remplit puis nous laissa tranquille.

La tasse de breuvage noir fumait devant moi, j'aurais dû dire que j'aimais avoir de la crème et du sucre dans le mien. Gannon prit une gorgée du sien, puis regarda ma tasse intacte. « Sarah, de la crème et du sucre s'il vous plaît. » Il leva les yeux de ma tasse vers moi. « Tu as le droit de demander ce que tu veux, tu sais ? »

Je hochai la tête, laissant échapper un soupir de soulagement. « Je suis un peu ailleurs ce matin. Notre échange de la nuit dernière m'a un peu secoué. J'espère que je n'ai pas outrepassé ma fonction. «

Gannon... Je ne sais pas du tout quelles sont les limites avec vous. Pourriez-vous s'il vous plaît m'aider à mieux comprendre ? »

Sarah plaça la crème et le sucre sur la table et une petite cuillère sur une serviette en lin blanc à côté de ma tasse de café. « Voilà pour vous, madame. »

« Merci, Sarah. » Ce n'est qu'à ce moment-là que je compris comment le reste du personnel me considérait. Pas comme l'un des leurs. Même pas du tout. J'étais traitée de la même façon que Gannon. J'étais la seule personne autorisée à l'appeler par son prénom. J'étais aussi la seule qui pouvait manger avec lui. Il semble que c'était clair pour tout le monde. Mais pourquoi seulement moi ?

Gannon prit une autre gorgée de café alors que je préparai le mien et Braiden offrit à son père une grosse myrtille. « Que dirais-tu de manger celle-là, Braiden ? Papa veut que tu sois beau et en bonne santé. » Il était impossible de ne pas voir le large sourire de Braiden qui glissa le fruit dans sa bouche, le mâchant joyeusement.

Le gamin était heureux presque tout le temps. Il ne pleurnichait pas, il n'était ni capricieux, ni boudeur. Elle ne comprenait pas pourquoi sa mère avait voulu se débarrasser de lui. Il était pourtant si mignon.

Gannon tourna son attention vers moi. « Brooke, je ne sais pas comment être père, et je compte sur toi pour me donner de meilleurs conseils. Quand tu es entré dans ma chambre la nuit dernière » je surpris l'échange de regard entre le personnel de cuisine « pour me dire que je négligeais mon fils, » le visage de Consuela se crispa comme si elle avait une crampe à l'estomac « ça ne m'a pas rendu très heureux. »

Sarah acquiesça. Je savais ce qu'ils devaient tous se dire — cette fille est une idiote.

Faisant de mon mieux pour ignorer notre petit public, j'essayai de parler comme si personne ne nous écoutait. « Pourtant, vous êtes à la table du petit déjeuner, comme je vous l'ai demandé. » Je tapai la cuillère d'argent à l'intérieur de ma tasse pour la débarrasser de la goutte de café qui s'était déposée dessus avant de la replacer sur le plateau, et sur la serviette blanche. Portant la tasse à mes lèvres, je goûtai le breuvage avec délice, c'était beaucoup mieux.

Les yeux de Gannon dansaient alors qu'il m'adressa un sourire sexy, amusé. « Pourtant, je suis là. » Une grande main frotta sa barbe noire qu'il conservait parfaitement taillée. « Tu m'as fait réfléchir. Je ne suis vraiment pas habitué à ce que l'on me parle de cette façon, tu sais. »

« Je l'ai fait pour l'amour de votre fils. » Je levai les yeux vers les siens avant de les tourner vers son fils. « Je ferais n'importe quoi pour lui. »

« Je vois ça. » Un courant électrique délicieux me traversa la main posée sur la table. Quand je regardai pour voir pourquoi j'aperçus sa main posée sur la mienne.

Je levai les yeux à la rencontre des siens, remplis d'émotion. « Brooke, je sais que tu ferais n'importe quoi pour lui. Et c'est pourquoi je t'ai écouté. Je n'ai pas l'habitude d'admettre que je peux être têtu. Et je déteste qu'on me dise quoi faire. Mais ce que tu m'as dit la nuit dernière m'a fait voir les choses différemment. »

J'étais hypnotisé par cet homme. Sa voix douce, grave et profonde. Son beau visage. La façon dont il me regardait. J'étais perdu dans son regard. « Ah oui ? »

« Oui. » Il sourit, faisant plisser des lignes douces autour de sa bouche et de ses yeux. « Les femmes ne me parlent pas comme tu l'as fait hier soir. Et pas beaucoup d'hommes n'osent non plus. »

Je devais être folle de lui avoir parlé de cette manière. Mais je me devais de le faire et je le referais si nécessaire. Pour Braiden, je ferais tout ce qui est nécessaire, pour lui donner le père qu'il méritait.

Mettant mes émotions de côté, je retirai ma main de la sienne, car son contact me faisait un peu paniquer. « J'espère que je ne vous ai pas offensé avec tout ce que j'ai dit hier soir. »

Secouant la tête, il passa une main dans ses cheveux noirs. « Pas du tout. Tu m'as remué un peu. Tu m'as fait réfléchir. Et tu as raison. Vingt minutes par jour ne peuvent pas suffire pour mon fils. »

Sarah nous apporta de magnifiques assiettes, pleines d'œufs brouillés, de bacons et de pains grillés. « Mon Dieu, Consuela, vous avez le don de composer quelque chose d'incroyable en très peu de temps. Je vous remercie. »

Gannon prit une bouchée de ses œufs et acquiesça. « C'est tellement meilleur que ce que je me tape au bureau tous les jours. Merci Consuela.

« Je vous en prie, » répondit-elle.

C'était vendredi, et je savais que cela signifiait que Gannon planifiait de sortir. Le petit déjeuner était un bon premier pas, mais je voulais qu'il accorde plus de temps à Braiden plus que ce petit-déjeuner et les fameuses vingt minutes après le travail. « Alors, nous sommes vendredi. Vous avez prévu quelque chose ?

« Beaucoup de projets. » Il mordit dans son toast.

J'attendais de voir s'il m'en parlerait, mais il prit une gorgée de café à la place, me poussant à demander : « Vous voulez m'en dire plus ?

« Bien sûr. » Il me fit un sourire qui me dit qu'il était plutôt content de lui. « Pour le déjeuner d'aujourd'hui, je compte sur toi pour nous concocter un super plan. Puisque je n'ai aucune idée de ce que je dois faire, je te donne carte blanche. L'argent n'est pas un problème. Je veux faire quelque chose avec Braiden. Je ne sortirai pas ce soir, ni ce week-end. Je vais prendre l'habitude de donner la priorité à mon fils. Comme tu l'as dit.

« Oh, Gannon », m'écriai-je, résistant à l'envie de le prendre dans mes bras. « C'est fantastique ! Je vais tout préparer pour vous. Que diriez-vous d'une visite au zoo aujourd'hui ? Je suis sûr qu'il n'y est jamais allé. Sa sorcière de mère n'aurait jamais fait quelque chose comme ça avec son bébé.

Il secoua la tête. « Je suis sûr qu'elle ne l'a jamais fait. Mais il n'est plus à elle. Il est à moi. Et, par défaut, à toi aussi. Tu dois venir aussi, Brooke. Tu es un membre important de cette petite famille. « Il rit doucement en secouant la tête. « Je n'aurai jamais imaginé que quelque chose comme ça me ferait plaisir mais maintenant que je l'ai, ça me plait de plus en plus. »

Cela me faisait aussi de plus en plus plaisir.

11

GANNON

Mon esprit ne pouvait s'empêcher de vagabonder, malgré tous mes efforts. Juste avant le déjeuner, j'avais reçu un appel de Brad. « Salut, Gannon. Tu veux déjeuner ?

Il me fallut un moment pour répondre, car je ne savais pas comment lui dire que j'allais déjeuner avec sa petite sœur et mon fils. Il me semblait impossible que cela ne déclenche pas chez lui une réaction négative. En fin de compte, je n'avais pas vraiment le choix. « J'emmène Braiden au zoo. Je suppose que nous allons manger là-bas. »

"Juste vous deux ?" demanda-t-il surpris.

"Non" dis-je en riant. "Bien sûr que non. Je ne sais toujours pas m'en occuper comme il faut. Brooke vient aussi. Elle est sa nourrice. Et elle est vraiment super avec lui. Merci de me l'avoir prêtée », dis-je essayant de pacifier la situation.

Je marchai sur des œufs, parce que mon meilleur ami avait la fâcheuse tendance de lire en moi, comme dans un livre ouvert. J'étais presque transparent avec lui. Et connaissant sa nature surprotectrice, ses antennes pourraient être bien ouvertes quand il s'agissait de sa petite sœur. Je ne pouvais tout simplement pas permettre qu'il me soupçonne de quoi que ce soit.

Je ne pouvais pas la perdre.

« La météo d'aujourd'hui est propice à une visite au zoo. » Il semblait avoir accepté mes explications sans arrière-pensée. Je soupirai de soulagement. « Brooke aime aussi le zoo. Surtout les singes. «

Sans le vouloir, je pris mentalement note de lui acheter une peluche. "Ça veut dire qu'elle s'amusera bien aussi. »

« Tant que tu lui offres de la glace, oui. » Il se mit à rire. « Je me souviens d'une certaine sortie au zoo quand elle avait environ cinq ans. Nous nous dirigions vers la sortie après une longue journée. Elle avait vu le stand de crème glacée et avait exigé d'en avoir une. Papa ne voulait pas de nourriture dans sa nouvelle voiture, alors il lui a dit qu'elle pourrait en avoir à la maison. Elle a fait la plus grosse crise de tous les temps. »

« D'accord, je note. Acheter de la crème glacée à la baby-sitter pour qu'elle ne fasse pas de crise. » Je ris en prenant ma veste, me dirigeant vers la porte. J'avais hâte de rentrer chez moi et que les choses avancent.

« Ouais, je détesterais qu'elle montre à ton petit garçon comment faire une vraie crise. Amusez-vous mec. Peut-être qu'on peut se retrouver plus tard ce soir. Peut-être au Monaco pour le dîner, puis en discothèque. Tu en penses quoi ? »

« Désolée, mais je passe la soirée à la maison avec mon fils. J'essaye de le faire passer en priorité dans ma vie. Et cela, sur les conseils de ta sœur. Comme je n'y connais rien en paternité, j'ai décidé de suivre ses conseils. » En faisant un signe de tête à Janine et à plusieurs autres personnes présentes à la réception, je sortis par la porte et me dirigeai vers l'ascenseur.

« Alors, elle va bien ? » Demanda-t-il.

En appuyant sur le bouton j'appelai l'ascenseur tout en pensant à comment je pourrais dire cela. Je ne pus m'empêcher de m'exclamer. « Mec, elle est incroyable avec lui. Elle est carrément amoureuse de lui. Elle le regarde avec autant d'adoration que moi. C'est fou à quelle vitesse elle s'est totalement dévouée à lui. «

"Elle a toujours adoré les enfants. C'est pour cela qu'elle a décidé de faire carrière dans la petite enfance. Brooke est incroyable avec les enfants. »

L'ascenseur arriva finalement et je dus me frayer un chemin parmi les autres personnes qui se préparaient à déjeuner. « Je ne peux qu'être d'accord. Merci encore de m'avoir laissé l'utiliser. À plus tard, mon frère.

« À plus tard. »

En raccrochant, mes sentiments étaient partagés. Je me sentais à la fois triste et heureux. Je n'avais pas rompu ma promesse, je ne l'avais pas touchée. Ce que je fais, dans l'intimité de ma chambre, tout seul, ne compte pas.

Le souvenir de ce que j'avais ressenti, pendant que nous parlions au petit-déjeuner en posant ma main sur la sienne, me revenait à l'esprit. Honnêtement, je n'avais pas d'arrière-pensée, je voulais simplement la remercier pour la leçon qu'elle m'avait donnée, mais la secousse qui m'avait traversée m'avait littéralement choqué.

J'avais eu l'impression d'avoir accidentellement posé la main sur un fil sous tension. Je n'avais jamais ressenti quelque chose de similaire. Je pense que Brooke aussi avait ressenti la même chose. Le regard brillant de ses beaux yeux bleus et la rougeur de ses joues ne m'avaient pas échappé.

Le trajet de retour à la maison prit plus de temps que je n'aurais voulu. J'avais hâte de rejoindre ma petite famille. Ça faisait si longtemps que je n'avais pas ressenti cela. Il y a si longtemps que je n'avais pensé à personne d'autre qu'à moi-même.

Je fus accueilli par les cris de joie de Braiden, lorsque je franchis les portes de la maison. Le petit garçon courut vers moi se jetant dans mes bras. Il était clairement heureux de me voir. Je ne pus m'empêcher de remarquer Brooke qui nous souriait. « Vous êtes là, il avait hâte que vous arriviez pour aller voir les animaux. »

« Et dire que je pensais qu'il était juste heureux de me voir. » J'aurais voulu demander à Brooke si elle était heureuse de me voir aussi, mais le sourire sur son visage me disait tout ce que j'avais besoin de savoir.

« Je suis sure qu'il est très heureux de vous voir aussi. » Elle se mit à rire et me montra la porte derrière nous. « J'ai préparé vos vêtements, et je les ai mis sur le lit. J'étais à peu près sûre que vous ne voudriez pas porter un costume au zoo, alors j'ai préparé la tenue vestimentaire appropriée pour vous.

Personne n'avait préparé mes vêtements depuis l'âge de dix ans. Je n'étais pas vraiment sûr que j'appréciais cela. Je préférai ne pas montrer mon agacement. « Merci. Je vais me changer, puis nous pourrons partir. Est-ce que vous avez déjeuné ? Je reposai Braiden et sortis de la pièce.

« Non, je pensais que nous allions manger avec vous. » Elle prit Braiden par la main. « On peut manger au zoo si vous voulez. À vous de choisir.

Je plaquai un sourire sur mes lèvres. « D'accord, nous mangerons au zoo alors. »

Je rentrai dans ma chambre, et trouvai mes vêtements étendus sur le lit. Le fait de penser que Brooke, ait fouillé dans mes affaires, ait posé ses mains sur mes vêtements, me rendait fou. Ma première réaction fut de me mettre en colère lorsqu'elle me dit qu'elle avait préparé mes affaires. Mais a présent, je pensais à ses mains qui avaient glissées sur mes affaires, pour choisir ce qu'elle voulait que je porte, et des frissons me parcoururent.

Ma bite tressauta et je m'interdis immédiatement de continuer à penser à cela: « Arrête. »

Le trajet jusqu'au zoo fut plein de rires, par ce que nous adorons Braiden tous les deux le trajet fut parsemé de rires et de grimaces. On se promenait dans le zoo, poussant la poussette de Braiden qui ressemblait à une cage dorée, je sentis ce que c'était d'avoir une vraie famille.

Brooke marchait à mes côtés, désignant chaque animal, par son nom et émettant les sons qui se rapportaient aux animaux, et Braiden essayait de l'imiter. C'était vraiment merveilleux qu'elle puisse obtenir ce genre de résultat avec lui, car il n'avait encore jamais parlé. À deux ans, il aurait déjà dû dire quelques mots.

Je savais que si quelqu'un pouvait le faire parler, ce serait elle. Il y avait une petite boutique de souvenir dans laquelle j'avais vu des animaux en peluche. « Brooke Peux-tu prendre la relève pendant que je fais très rapidement quelque chose ?

"Bien sûr." Elle se saisit de la poussette, continuant doucement sa marche et s'arrêtant devant la cage des singes. A ce moment-là, Braiden, se mit à émettre des sons similaires a ceux qu'il entendait hoo hoo. »

De l'intérieur de la boutique, j'entendis un chœur de sons similaires à ceux que les singes faisaient dans leur cage. Je me dépêchai d'acheter un singe en peluche pour elle et un tigre en peluche pour mon fils.

Je réussis à les rejoindre rapidement car ils n'étaient pas partis bien loin. J'offris d'abord le tigre à Braiden et je reçu un sourire fantastique en retour, je tendis ensuite le singe à Brooke. "J'ai vu ça et j'ai pensé à toi."

Elle éclata de rire, d'un rire angélique, frais et absolument irrésistible. Un sourcil parfaitement arqué se cambra un peu plus alors qu'elle me retirait le singe des mains. "Cela veut-il dire que vous pensez que je ressemble à un singe, Gannon ? Merci. »

Les choses ne se passaient absolument pas comme je l'avais espéré.

'Non, je ne pense pas que tu ressembles à un singe. Tu es magnifique.' Je m'arrêtai aussitôt car cette dernière phrase n'était pas supposée sortir de ma bouche. Je devais garder mes sentiments soigneusement enfouis dans le fond de mon esprit. Mais la soudaine rougeur de ses joues me confirma qu'elle avait compris ce que je voulais dire. 'Ton frère m'a dit que tu adorais les singes.'

'Oh.' Elle secoua la tête. 'Bien sûr qu'il a fait ça. Vous lui avez parlé aujourd'hui ? Vous l'avez mis au courant de notre petite escapade ? Elle tenait le singe comme un bébé sur sa hanche, et cela ne la rendait que plus mignonne, à tel point que je ne songeai qu'à une seule chose, poser mes lèvres sur les siennes et l'embrasser jusqu'à ce qu'elle manque d'air.

Oui, il a appelé et je lui ai dit. Il a également dit que je ferais mieux de t'acheter une glace avant de partir d'ici ou je m'expose à une crise de colère phénoménale. 'Je ris et vis un sourire naître sur ses lèvres.

« Incroyable qu'il ait osé vous parler de cet épisode déplorable de ma vie. » Elle se trémoussa un peu alors que nous continuions à marcher. « Pour ma défense, j'avais quatre ans. J'avais manqué ma sieste de l'après-midi et j'avais mangé de la barbe à papa et bu de la limonade, ce qui fait que j'avais un taux élevé de sucre»

« Cela explique pas mal de choses. » Je combattis l'envie de passer mon bras autour de ses épaules étroites et de me rapprocher pour l'embrasser sur la joue. J'avais tellement envie de faire cela.

'Gannon, puis-je vous demander quelque chose d'un peu personnel ?' Elle me regarda et nous nous arrêtâmes sous l'ombre d'un arbre. Des poissons rouges géants nageaient à la surface de l'étang qui se trouvait sous le petit pont sur lequel nous nous étions arrêtés. Ils se ravitaillaient en air à la surface, et attendaient patiemment que les visiteurs du zoo les nourrissent.

Je mis une pièce dans la machine qui libéra une poignée de ce qui ressemblait à des granulés de nourriture pour chien et je jetai au poisson. Braiden se mit à rire et à applaudir alors qu'il les regardait se jeter sur la nourriture avec frénésie. 'Bien sûr que tu peux, Brooke.'

'Pourquoi n'avez-vous pas trouvé quelqu'un avec qui vous mettre en ménage ?' Elle me regardait comme pour juger si j'allais dire la vérité ou non.

Je compris soudain que je ne voulais pas lui mentir, je lui devais d'être honnête. 'J'ai été très occupé à bâtir une entreprise prospère. Et une fois que cela était terminé... je me suis rendu compte que je ne voulais pas me mettre avec n'importe qui. Je veux une femme qui ait toutes les qualités. Et je n'en ai encore jamais rencontré aucune.

'Jamais ?' Demanda-t-elle alors qu'elle étreignait son petit singe.

Je ne pouvais plus faire marche arrière: 'Il ne faut jamais dire jamais. Tu vois, je pense que tu as tout Brooke.

Elle rougit et dut regarder ailleurs. 'Gannon.'

Je n'avais plus rien à perdre, j'allais me jeter à l'eau. 'Le type qui aura la chance d'être avec toi, devra non seulement se méfier de ton frère, mais aussi de moi. Tu es vraiment une fille incroyable. Il devra vraiment se méfier de moi. Je n'envie pas le pauvre bougre.'

Ses yeux se posèrent sur moi. 'Je suis une fille incroyable. Qu'est-ce que cela signifie exactement ?'

Mon sourire monta jusqu'à mes oreilles, je pouvais le sentir. 'Je suis sûr que tu sais exactement ce que je veux dire.'

Je décidai de parler d'autre chose avec autant de naturel que possible. Je poussais la poussette, heureux de lui avoir fait part de certains de mes sentiments avec la plus grande honnêteté qui soit. Je n'avais pas posé mes mains sur elle, donc Brad n'avait rien à me reprocher. Mais j'avais quand même réussi à lui dire ce que je pensais d'elle. Ce n'était pas un crime, n'est-ce pas ?

12

BROOKE

Le voyage au zoo avait été fantastique. Notre dîner ensemble plus tard dans la soirée aussi, cela avait été pour Braiden l'occasion de goûter sa première pizza. Ensuite, il avait pris un bain que nous lui avions donné tous les deux. Il en avait grandement besoin, après toute la sauce tomate et le fromage, dans lequel il avait trempé. Finalement, Gannon lui avait lu une histoire et il m'avait fait asseoir de l'autre côté du lit pendant qu'il le faisait. Selon lui, je devais participer à ce rituel là aussi.

Une partie de moi savait que ce n'était pas la meilleure chose à faire, puisque Braiden comme moi-même risquions tous les deux d'être blessés lorsque Gannon rencontrera enfin une femme qu'il voudra épouser. Elle deviendrait alors la mère du garçon.

Même si je gardais cela à l'esprit, je ne pouvais rien faire contre ce que je ressentais pour le pauvre petit garçon, qui avait été abandonné par sa mère. Je l'aimais et il m'aimait. C'était clair et simple et il n'y avait aucun moyen d'empêcher que cela se produise.

Et ce que je ressentais pour Gannon était tout le contraire. Je savais que c'était mal. Je savais que je devais arrêter de ressentir ce que je ressentais. Et c'était loin d'être simple. Non, c'était la situation la plus complexe dans laquelle je m'étais trouvé.

J'étais en train de tomber amoureuse d'un homme qui avait dix ans de plus que moi. Un coureur de jupons, habitué à obtenir tout ce qu'il voulait, quand il le voulait. Je savais que mon frère nous tuerait tous les deux, si nous nous embarquions tous deux dans cette aventure.

Je savais donc que je devais garder mes pensées, mes désirs, pour moi et essayer d'empêcher Gannon de savoir ce que son corps magnifique faisait naître en moi. Et surtout, je devais m'efforcer de ne laisser aucun membre du personnel me voir baver sur notre patron.

Après que Braiden se soit endormi cette nuit-là, après notre longue journée passée au zoo, Gannon et moi étions sortis de sa chambre pour le couloir. Une porte attenante reliait ma chambre à celle de Braiden, mais je voulais sortir avec Gannon, et marcher à ses côtés une fois de plus avant d'aller me coucher.

'Tu t'es amusée aujourd'hui, Brooke ?' Il s'arrêta après avoir fermé la porte et s'appuya contre le mur.

Pourquoi avait-il toujours l'air aussi sexy ?

'Oui c'était fantastique. Merci de m'avoir pris avec vous. Et vous ? Je m'appuyai contre le mur en face de lui, croisant les bras devant moi.

Ses yeux brillèrent quand il acquiesça. « Je me suis amusé. C'était plus amusant que je ne l'aurais imaginé. Et je pourrais tout à fait refaire cela tous les week-ends. Qu'en dis-tu ? Penses-tu pouvoir gérer tout le plaisir que je suis prêt à te donner ? »

Cet homme me rendait folle...

« Je vais faire de mon mieux. » Je me redressai, m'éloignai du mur et me dirigeai vers ma chambre à coucher, celle qui se trouvait juste en face du couloir.

Il me rattrapa, son épaule effleurant la mienne alors qu'il marchait à côté de moi. « Bonne nuit Brooke. On se voit au petit déjeuner. »

« Brooke ? »

Je me retournai vers lui, attentive.

'Ne penses-tu pas qu'il serait temps de me tutoyer ?'

Je me retournai et lui fit le plus grand des sourires avant de hocher la tête, et je lui répondis.

'Bonne nuit.' J'entrai dans ma chambre et fermai la porte derrière moi, m'appuyant contre elle, soupirant. J'aurais aimé que les choses soient plus simples et faciles.

Alors que je cherchais mon pyjama, j'aperçus quelque chose que j'avais récupéré dans mon dortoir à l'université.

Dans son emballage tout neuf, encore jamais utilisé, se trouvait un vibromasseur rose. Mon camarade de chambre m'avait offert ce cadeau affirmant que j'en aurais besoin, à force de vivre sous le même toit qu'un homme aussi sexy que Gannon.

Je comprenais mieux ses paroles, maintenant, j'effleurai l'objet après l'avoir sorti de son emballage. Je sentis mon ventre se tendre, et l'intérieur de mes cuisses palpiter, je savais que cette journée passée aux cotés de Gannnon et l'épisode de tout à l'heure m'avaient plongé dans un état de désir presque insoutenable.

Je marchai d'une porte à l'autre de la chambre en m'assurant qu'elles étaient toutes les deux verrouillées. Je me couchai sur le lit, pensive, les yeux rivés sur l'objet.

En me dénudant complètement, je me glissai sous ma couverture et approchai le long objet rose de mon corps. En appuyant sur le bout, il se mit à vibrer, devenant plus chaud par la même occasion.

'Pourquoi pas.' J'appuyai le bout de celui-ci sur ma chatte et fermai les yeux. 'Oh oui. Je comprends pourquoi les gens aiment ce genre de chose.'

En le déplaçant, j'essayai d'imaginer que c'était la bouche de Gannon sur moi, entre mes cuisses. Je commençai à frotter la tête de l'objet, entre les plis de mon sexe de haut en bas. Je l'appuyai sur la fente et sur mon clitoris. 'Oh oui !'

En le tenant là, je laissais mes fantasmes aller et la pensée de Gannon remplir mon esprit. Ses muscles, Ses tatouages, Ses yeux...

Alors que je frissonnais, je sentis le plaisir monter, et pénétrer toutes les cellules de mon corps. Une seule chose emplissait mon esprit, l'homme qui était allongé juste de l'autre côté du couloir. Un homme qui m'avait acheté un singe et une glace. Un homme qui me faisait tellement rire que j'en avais mal aux joues. Un homme qui pouvait me regarder presque de la même façon qu'il regardait un petit garçon qu'il aimait de façon évidente.

Mes hanches se soulevèrent et se mirent à onduler fortement et rapidement, me frottant contre le jouet, j'atteints un niveau de plaisir que je n'avais encore jamais atteint auparavant. La sensation était tellement forte, que je dus attraper un oreiller pour étouffer mon cri. Finalement, je repoussai l'objet et restai allongée là, aussi abasourdie par l'orgasme que par la façon dont je l'avais eu.

Gannon Forester pouvait-il réellement être amoureux de moi ?
Était-ce vraiment possible ?

Quelques jours auparavant, j'avais cherché Gannon sur Google. Alors que Braiden faisait la sieste, et que j'avais un peu de temps libre. J'avais trouvé de nombreuses photos de lui avec de magnifiques femmes à son bras. Quelques-unes le montraient en train d'embrasser des femmes à couper le souffle.

Sur aucune de ces photos avec ces femmes je n'avais vu ce regard, cette adoration que j'avais surpris sur son visage quand il regardait son fils, et moi.

Gannon avait-il vraiment le béguin pour moi ? Pensait-il à moi plus comme objet sexuel, parce qu'il me semblait que c'est ainsi qu'il pensait aux autres femmes.

Où étais-je simplement en train de me leurrer ?

C'était un homme magnifique, charismatique, très fortuné et puissant, et il savait comment utiliser ces choses à son avantage pour obtenir tout ce qu'il voulait.

Rien ne pouvait me garantir qu'il n'essayait tout simplement pas de me séduire, avec toutes les armes en sa possession. Me voulait-il simplement dans son lit ?

Que le ciel me pardonne, mais je voulais cet homme plus que tout ce que je n'avais jamais désiré dans ma vie. Mon cœur se serra car je savais que je ne pouvais pas l'avoir.

13

GANNON

Je sortis de la douche où, encore une fois, je m'étais retrouvé à fantasmer sur Brooke.

Quand allais-je arrêter de penser à la baby-sitter de cette façon ?

Je n'arrivais cependant pas, à m'en empêcher.

J'enfilai un pantalon de jogging et me dirigeai dans le couloir pour m'assurer que Braiden était toujours installé à l'endroit où je l'avais laissé après lui avoir lu une histoire, mes pensées dérivèrent vers la journée au zoo et vers le sympathique dîner familial qui avait suivi. Il s'était composé de pain de viande et de purée de pommes de terre que Brooke m'avait montré comment faire, en plus des nombreuses tâches à effectuer avec un bambin aussi actif.

Tout avait été si facile.

Extrêmement relaxant.

Tellement merveilleux.

Et tout cela en toute simplicité.

J'avais marché à côté d'elle, dans les allées du zoo.

Assis en face d'elle, nous nous étions amusés à faire goûter à Braiden différents aliments.

J'étais heureux de voir diverses émotions se succéder sur son visage, tandis qu'il goûtait à de nouvelles choses.

Je savais pertinemment que je ne devais absolument pas toucher à Brooke.

J'essayais tant bien que mal de faire la part des choses dans ma tête.

J'essayais de ne pas croire ce que j'avais cru lire et deviner dans son comportement.

Braiden allait bien, et je retournai dans ma chambre, pensant à la façon dont Brooke le regardait. Ses jolis yeux bleus reflétaient un amour incroyable pour le petit garçon.

Et j'aurais pu jurer qu'elle me regardait avec la même adoration, avec ses yeux innocents.

Était-elle en train de tomber amoureuse de moi ?

Peut-être.

Que se passera-il ensuite ?

Pourrais-je être l'homme qui méritait une fille aussi rare ?

Étais-je prêt à changer de comportement, et à me caser ?

Parce que c'est ce qui m'attendait, si je décidais de la faire mienne.

Je fermai la porte de ma chambre et m'appuyai contre elle, tapant légèrement ma tête pleine de frustration contre elle.

Je savais que Brad n'accepterait que nous soyons ensemble que si je m'engageais réellement envers sa petite sœur.

Je savais qu'il mettait un point d'honneur à garder un oeil sur elle et moi, pour s'assurer que je ne blesse pas sa sœur.

Pourrais-je mettre mon passé derrière moi et avoir un comportement respectable digne de ce nom, avec la jeune femme ?

Je n'étais pas sûr de cela.

Pas encore en tout cas.

Et jusqu'à ce que j'en sois certain, je devais me retenir de la toucher.

Et si j'avais mal compris son regard ?

Et si, ce qu'elle ressentait pour moi, était simplement du respect, et pas du tout, l'amour que j'avais cru y voir.

Et si elle était juste heureuse de me voir passer plus de temps avec mon fils ?

Et si elle pensait que j'étais trop vieux pour elle ?

Elle pourrait très bien penser à ça.

Dix ans nous séparaient, c'était légitime de penser que j'étais peut-être trop vieux à ses yeux.

Avec un soupir, je me mis au lit, avant d'entendre mon téléphone vibrer.

Il était rare pour moi de recevoir des appels tard dans la nuit, d'autant plus que l'appel venait d'August.

« Salut mec quoi de neuf ? »

« Notre club est en train de brûler », répondit rapidement son interlocuteur.

Lors d'une fraction de seconde, je me demandai s'il plaisantait ou si j'avais mal compris.

« Excuse-moi ? »

« Oui, il y a eu un incendie dans le club. »

Il fit une pause avant de continuer.

« Les enquêteurs sont en train de faire leur travail, mais je suis à peu près sûr que quelqu'un a essayé de brûler le club, Gannon. »

« Mon Dieu ! »

Je me dirigeai vers mon placard pour enfiler quelque chose.

« Quelqu'un a-t-il été blessé ? »

« Pas que je sache.

Nixon est en route. La compagnie de sécurité l'a appelé. Pouvons-nous, nous retrouver là-bas ? Nous devons absolument évaluer les dégâts et veiller à ce que les autorités sachent que nous allons engager des poursuites contre les auteurs de cet acte. »

« Merde », murmurai-je en me dirigeant vers mon placard pour trouver quelque chose à mettre.

« Pas de problème, donne-moi une demi-heure. »

Après avoir mis mes chaussures, j'attrapai mes clés et sortis. Je m'arrêtai devant ma porte pour jeter un regard incertain vers celle de Brooke, qui était fermée.

Peut-être que je devais lui dire que je dois sortir.

Juste au cas où elle aurait besoin de moi pour quoi que ce soit.

Je traversai le couloir et restai un instant interdit, j'avais cru entendre quelque chose. Comme un faible gémissement.

Que se passait-il ?

Mon cœur battait furieusement dans ma poitrine alors que j'appuyais mon oreille contre la porte, avant d'entendre très clairement, ses doux gémissements.

« Oh oui, Gannon ! Oui bébé ! Oh oui, Gannon...

Je tombais des nues. L'espace de deux secondes, mon esprit s'enflamma.

Brooke avait envie de moi, autant que j'avais envie d'elle.

Je n'avais plus besoin d'essayer de deviner ce qu'elle pensait.

Je me retournai et me dirigeai vers l'extérieur, me dépêchant d'aller vers ma voiture, alors mon cerveau n'arrivait toujours pas à digérer ce que je venais de découvrir sur Brooke, et mon inquiétude concernant la discothèque.

Cette découverte ne changeait cependant pas grand-chose, même si Brooke avait des sentiments pour moi, je ne pouvais rien faire à ce sujet avant de savoir si j'étais prêt à m'engager avec elle.

Je ne voulais pas blesser Brad en blessant sa petite sœur chérie.

Je ne pouvais pas me résoudre à faire ça. J'étais bien un tombeur, mais je ne pouvais pas poignarder mon meilleur ami dans le dos.

Tout le trajet jusqu'au club, mes pensées ne m'accordèrent aucun répit. Je fus heureux de retrouver August et Nixon qui m'attendaient à l'extérieur.

Un seul camion de pompier était encore sur les lieux. Aucun dommage n'était visible de l'extérieur, ce qui me remplit de soulagement. Ce n'était pas aussi grave que ce que j'avais craint. Je sortis de la Jaguar et couru vers eux. « Salut les gars. Alors, quels sont les dégâts ? »

Nixon signala l'entrée derrière lui. « Allons voir à l'intérieur. Ce n'est pas aussi grave qu'il n'y paraît. C'est dans le bar qu'il y a eu le plus de dégâts. Quelqu'un a mis un petit engin explosif sous l'une des étagères du bar.

Je secouai la tête en pensant qu'il devait s'agir d'un des ouvriers de construction. Ils étaient les seuls à avoir accès à l'intérieur du club. « Nous devrons alors interroger tous les membres de l'équipe. »

August acquiesça en entrant. « Je ne peux pas croire qu'un de ces types ait délibérément essayé de nous causer du tort de cette façon. Nous les avons toujours bien traités. Ils ont eu droit à de nombreux avantages. De plus, on leur avait promis des nuits gratuites au club quelques nuits par mois, pour toujours, s'ils le voulaient. Qui a bien pu faire une chose pareille, alors que nous étions si agréables avec eux ?

14

BROOKE

Je me réveillais le lendemain matin, un sourire radieux collé sur le visage. Mon sommeil avait été bercé du plus merveilleux des rêves. Gannon me tenait dans ses bras, m'embrassait, m'aimait.

Je pris une douche et m'habillai en un temps record, un léger maquillage sur mon visage, et mes cheveux tirés en queue de cheval haute, j'étais prête à commencer une journée aux côtés de Gannon. Ce dimanche serait uniquement consacré à Braiden, et cette idée me rendait très heureuse

En entendant des rires, je me dirigeai vers la cuisine où je trouvai Braiden déjà habillé et assis dans sa chaise haute, avec Gannon qui jouait avec lui.

« Bonjour », dis-je avec un sourire, à la vue du père et du fils qui interagissaient si naturellement. « Bonjour Braiden. Tu as bien dormi ?

Je parlais à Braiden, il ne répondit pas, mais Gannon considéra que la question lui était adressée. « Et bien, pas si bien que ça en fait. » Je me retournai pour le regarder, s'asseyant à nouveau, il fit une grimace de lassitude. C'est à ce moment-là que je remarquai les cernes sous ses yeux.

En sortant une bouteille d'eau du frigo, je remarquai que Consuela faisait des pancakes. « Délicieux. Est-ce que ça ne vous dérangerait pas d'en faire deux ? »

« Bien sûr que non, » répondit-elle en me souriant. « Et pour le bébé ce matin ? »

« Oh, je pense que nous devrions nous en tenir à des fruits frais et à un peu de farine d'avoine pour lui. » Je me dirigeai vers le placard et en sortis un de ses gobelets, le remplissant de lait avant de m'asseoir.

Remettant la tasse de lait à Braiden, je m'assis en face de Gannon. Je ne savais pas trop comment aborder le sujet de la raison pour laquelle il ne dormait pas bien. Il y avait quelque chose qui le dérangeait, c'était facile de le remarquer. « Vous avez mal dormi ? »

« Hmm ? » Il me regarda distraitement « Oh. Tu veux savoir pourquoi je n'ai pas bien dormi, cette nuit ? »

« Oui. » Je pris un verre d'eau en attendant sa réponse, et j'essayais de ne pas penser à quel point il était beau dans sa chemise bleue pâle à manches longues et son pantalon noir qui lui allait parfaitement. J'aimais aussi la façon dont ses cheveux étaient légèrement ébouriffés. Je savais qu'il y passait la main dedans souvent quand il réfléchissait.

« J'ai reçu un appel hier soir, après la douche. C'était l'un de mes partenaires commerciaux qui me disait que nous avions eu un incident au club que nous construisons. Quelqu'un a essayé de faire sauter le bâtiment, semble-t-il. Je me demandais juste qui pourrait nous faire cela. » Une ride se creusa sur son front assombri.

Une mèche de ses cheveux tomba sur son front, et sans réfléchir, je tendis la main au-dessus de la petite table pour la remettre à sa place. « Pas étonnant que vous soyez si stressé. »

Ses yeux s'écarquillèrent alors que je m'asseyais et il fixa ma main du regard. Soudain consciente de ce que je venais de faire, je reculai, livide. Mais avant que j'aie eu la possibilité de m'excuser, il dit : « Merci. J'ai passé la matinée à mettre la main dans mes cheveux. »

Heureux de ne pas l'avoir offensé, je souris. « Une mèche vous tombait sur le front. » Je me tournai vers Braiden et passai ma main dans ses cheveux noirs aussi. « Je pense que j'ai des troubles du comportement, quand il s'agit de corriger les hommes. » Puis je me mordis la lèvre inférieure songeant que cette phrase devait en dire un peu trop long sur mon état d'esprit. « Je ne voulais pas dire… »

Sa voix grave m'interrompit : « Ne t'inquiète pas Brooke. Je vois ce que tu veux dire. Tu as l'impression que j'ai besoin qu'on s'occupe de moi, comme mon fils, et je te remercie. Tu es un vrai ange. »

Consuela plaça nos assiettes devant nous et le bol de flocons d'avoine avec des fraises fraîches à côté de mon assiette. « Régalez-vous, tous les trois. »

« Merci », le mot partit en même temps des lèvres de Gannon et des miennes. Nos yeux se croisèrent et je lui fis un sourire timide.

« Le club a-t-il été très endommagé ?

« Seul le bar devra être remplacé. Cela aurait pu être pire. Cela ne prendra pas trop de temps, peut-être un jour ou deux. » Il se saisit de la carafe qui était sur la table, remplissant son petit verre à jus, puis il fit la même chose pour le mien. « Ce qui me préoccupe vraiment, c'est l'identité du criminel, je me demande qui pourrait nous vouloir autant de mal. Nous prenons soin de notre équipe. Et le coupable est certainement l'un d'entre eux. Je suis juste reconnaissant que cela n'ait pas fonctionné comme prévu. »

« Alors ce club. » J'engouffrai joyeusement dans ma bouche un pancake. « Quel genre de club cela va-t-il être ? »

Son visage s'éclaira en m'entendant poser la question. « Ce sera une boîte de nuit pour les clients très riches. Je sais que cela peut paraître égoïste. »

"Pas du tout. Pourquoi ne pas s'adresser à des gens comme vous ? Personne ne devrait savoir mieux que vous, ce que veulent les gens très fortunés. » Je pris une gorgée de jus de pomme en regardant un sourire naître sur ses lèvres fines.

« C'est une façon progressive de penser, Brooke. Je suis heureux que tu ne trouves pas cette idée superficielle et égoïste. » Il me regarda poser mon verre puis ses yeux se posèrent sur les miens. « Tu sais, tu pourrais souffler tes vingt et une bougies là-bas si nous sommes ouverts d'ici là. »

Mes yeux s'écarquillèrent de surprise. « Je ne suis pas riche ! Je n'appartiens pas du tout de ce monde-là. Et à part ça, mon anniversaire approche. Il tombe le jour de Thanksgiving cette année. Et cela signifie que ma famille organise une grande fête qui dure deux ou trois nuits, de nombreux membres de la famille viennent pour les vacances et mon anniversaire.

« Je vois, ça ne sera pas ouvert d'ici là. Mais dès que c'est le cas, je veux que tu sois mon invité d'honneur. » Ses yeux brillèrent alors qu'il me proposa ce qui ressemblait beaucoup à un rendez-vous.

« Vous êtes sûr, patron ? » Je lui souris puis donnai une autre bouchée de farine d'avoine à Braiden.

« Ne m'appelle pas comme ça. » Sa main se posa sur la mienne, car je l'avais laissée sur la table. « Ne sommes-nous pas plus qu'un simple patron et son employé, Brooke ? Ne sommes-nous pas plus amis qu'autre chose ?

Il était le meilleur ami de mon grand frère. Et notre relation lui et moi était plus qu'une relation de travail. Et j'avais fantasmé sur lui la nuit précédente. Je marchais sur un terrain miné. Mais j'avais décidé d'oublier toute prudence. « Je suppose que nous sommes plus amis qu'autre chose. »

« Bien, alors, tu seras mon invité d'honneur pour l'ouverture du club. C'est réglé. » Il me tapota la main puis reprit son petit-déjeuner. « Tu seras ma cavalière cette nuit-là. »

Cela ressemblait vraiment à un rendez-vous galant !

Oh, quel enfer !

J'essayai de ne pas laisser montrer à quel point cela m'avait chamboulé. Et je décidai d'ignorer mes sentiments, pour me concentrer sur les vacances, qui arrivaient à grands pas. « Gannon, Braiden et vous serez tout seuls ici pour Thanksgiving. Pourquoi ne pas venir avec moi chez ma famille à Napa Valley ? Brad sera là. Je vous laisserai dormir avec Braiden dans ma chambre. Je peux dormir avec ma sœur Brianna.

Il secoua la tête. « Je ne veux pas m'imposer dans ta famille. Merci quand même. Braiden et moi irons très bien en restant ici, Consuela peut nous faire un bon dîner. Tu dois aussi profiter de ton temps libre. Je n'irai pas au bureau pour pouvoir m'occuper de lui. Mais tu vas devoir me montrer exactement comment faire d'abord. »Il se mit à rire puis me tapota à nouveau la main. « C'est fou ce que je peux avoir besoin de toi, tout le temps !

Mon cœur faillit sortir de ma cage thoracique, et je dus prendre sur moi pour ne pas prendre ses paroles dans le mauvais sens. « Non, vous devez tous les deux venir avec moi. Allez, Gannon. De toute façon, je veux présenter Braiden à ma famille. Ils aiment les enfants aussi. Et vous êtes l'ami de Brad depuis si longtemps, ils devraient vous connaître aussi. Allez, s'il vous plait. » Je lui fis mon plus beau sourire et il me sourit en retour.

« Tu es sûre ? »

Je lui fis un signe de tête, puis déplaçai ma main pour tapoter la sienne qui reposait sur la table. « Absolument sûre. Donc c'est réglé. Je serai votre cavalière pour la soirée d'ouverture de votre club de luxe et vous deux viendrez fêter mon anniversaire, et Thanksgiving avec ma famille et moi. »

« Si c'est ce que tu veux, je ne peux pas dire non », répondit-il.

Je reportai mon attention sur les pancakes, me demandant ce que nous venions de faire. Avions-nous franchi une ligne invisible ? Où venions-nous simplement de sceller notre amitié ?

Quoi qu'il en soit, quelque chose à l'intérieur de moi bouillonnait de joie, j'avais hâte de passer à la vitesse supérieure.

15

GANNON

Je mis un point d'honneur à passer chaque week-end avec mon fils et Brooke était aussi présente. Je ne voulais pas l'admettre, mais c'était aussi pour être avec elle que je faisais cela. Quelques semaines s'étaient écoulées et nous nous étions tous les trois installés dans une routine très agréable.

Jamais les choses ennuyeuses ne m'avaient semblé aussi amusantes. La présence de Brooke rendait tout beaucoup plus amusant, intéressant, excitant même.

Je devais surmonter ce que je ressentais pour elle. Je devais le faire. Je savais que je ne pouvais pas me permettre ces sentiments. Je courais le risque de la blesser et j'avais trop à perdre, d'abord pour mon fils et ensuite pour son frère dont l'amitié m'était trop chère. C'était trop risqué.

Être bons amis devait me suffire. Même si elle aussi avait envie de moi.

Chaque lundi, il me semblait devoir m'arracher à mon bonheur de la maison pour me replonger dans le travail. Chaque week-end était rempli de plus de plaisir que je ne le pensais possible.

Je venais juste de voir August pour le déjeuner afin de discuter de certaines choses concernant le club. Nous venions juste de nous séparer devant The Palm à Beverly Hills. En me dirigeant vers ma voiture, j'entendis la voix d'une femme crier : « Gannon ? Gannon Forester ? »

Je m'arrêtai et me retournai découvrant une femme qui arrivait derrière moi. Je la reconnus tout de suite. Elle et moi avions vécu un moment intense ensemble. Intense, mais très bref. Cela avait duré un mois. Et cela s'était terminé comme toutes mes autres relations, je l'avais tout bêtement laissé tomber. Mais elle se tenait là devant moi, avec un sourire.

Pas de rancune, semblait-il. J'étais soulagé que ce fût le cas et lui souris. « Jasmine, comment vas-tu ? Ça fait un bail. »

Elle me tendit les bras, j'ouvris les miens, l'accueillant pour un petit câlin. « Je vais bien. Tu m'as manqué ! »

M'éloignant de son étreinte, je reculai d'un pas, voulant mettre une certaine distance entre nous. J'étais étonné que mon corps n'ait pas envie de cela. Elle avait été l'un des meilleurs coups de ma vie. C'est ce qui avait fait durer notre relation bien plus que la plupart de mes conquêtes féminines.

« Vraiment ? » Je ris un peu. Jasmine était une vraie beauté. Elle avait de longs cheveux noirs qui tombaient comme dans un drap de soie jusqu'au bas de ses reins et sur son joli cul rond. De longues jambes apparaissaient de sous une robe qui lui arrivait aux genoux. Le rouge avait toujours été sa couleur. Avec ses cheveux et ses yeux noirs, le rouge lui allait à la perfection.

Même si elle était magnifique, elle n'était pas vraiment mon genre. Je me retrouvais à la comparer à Brooke. Brooke était une beauté naturelle alors que Jasmine était toujours si maquillée que je ne savais pas à quoi elle ressemblait vraiment sans maquillage. Je savais qu'elle avait un peu aidé la nature, ses seins étaient plus gros que ceux de Brooke. Mais ceux de Brooke étaient vrais. Il en allait de même pour ses fesses, celles de Brooke étaient naturelles Jasmine ne pouvait pas en dire autant.

Ses lèvres rouges comme du sang s'ouvrirent alors qu'une main fine se posa sur sa hanche. « Oui, tu m'as manqué. Alors, que dirais-tu de remédier à cela ? Pourquoi pas ce soir ? C'est le désert pour moi en ce moment. Je ne dirais pas non à une partie de jambes en l'air, si tu vois ce que je veux dire. Tu es toujours prêt à aider une fille quand elle en a besoin, n'est-ce pas ? »

Je l'avais toujours été. Mais je n'étais plus sûr de vraiment l'être. Du moins, pas avec elle. « Jasmine, les choses ont changé dans ma vie. »

Elle passa son bras autour du mien et m'entraîna pour m'asseoir à l'une des tables extérieures où les clients du restaurant attendaient jusqu'à ce qu'une table se libère à l'intérieur. « Raconte-moi tout, Gannon. Je veux tout savoir. »

"J'ai un fils maintenant", lui dis-je alors que nous prenions place à côté l'un de l'autre. Elle veilla à ce que nos cuisses se touchent sans lâcher mon bras une seule seconde.

Elle se retourna juste assez pour que ses seins effleurent ma poitrine, elle soupira et sourit. "Un fils ! Oh, c'est fantastique, Gannon. Et quel âge a-t-il ? Qui est sa mère ?

'Il a deux ans. Sa mère est une sorcière qui ne m'avait jamais parlé de lui jusqu'à tout récemment. J'ai dû faire un test ADN quand elle est venue à mon bureau et m'a dit qu'elle allait se débarrasser du garçon si je ne le prenais pas. "

"Oh Seigneur. Quelle garce ! Jasmine agita sa main libre devant son visage, comme si cette seule pensée lui avait donné une bouffée de chaleur ou quelque chose du genre. 'Alors, tu vis tout seul avec ce pauvre garçon.' Un de ses sourcils parfaitement taillé se leva. 'Vraiment tout seul ?'

" Eh bien, j'ai dû embaucher une nourrice à temps plein pour prendre soin de lui. » Cette simple phrase me donna l'impression de donner un coup de poignard dans le dos de Brooke, je venais de faire quelque chose de mal. Parler à Jasmine n'était pas très intelligent. Et prétendre que Brooke n'était que la nourrice était une grossière erreur.

Je repoussai ses pensées, je ne faisais rien de mal. J'étais un homme libre. Et Brooke ne pourrait jamais être plus que la nourrice de mon enfant et mon amie.

Le visage de Jasmine s'éclaira comme un sapin de Noël alors

qu'une pensée la traversait. « J'aimerais rencontrer ton fils, Gannon. Oh, s'il te plaît, permets-moi de venir dîner. Je dois absolument le rencontrer. S'il te plaît. » Battant ses faux cils, elle s'efforçait d'obtenir mon accord. « Peut-être qu'ensuite, tu pourras venir en aide à une vieille amie dans le besoin. Une fois que ton enfant sera au lit. Une amie frustrée, et qui a besoin d'une bonne baise depuis des mois. Tu te souviens comment entre nous c'était bien au lit, n'est-ce pas ?

Comment aurais-je pu oublier ? Cette femme était presque insatiable. Elle avait fait tout ce que je voulais, et plus encore. La baiser aurait pu remplacer une séance de sport, c'était tellement intense et physique. Mais ce n'était pas de l'amour. C'était juste du sexe.

Pourquoi est-ce que je pensais à l'amour ?

Je n'avais jamais aimé personne. Alors, pourquoi ne pas accepter l'offre de Jasmine ? Pourquoi ne pas la laisser venir et l'emmener dans ma chambre pour la nuit ?

Parce que tu aimes bien Brooke, idiot.

Ah oui.

Mais je devais mettre ça derrière moi. Je devais faire quelque chose pour y arriver. Et si j'emmenai Jasmine dans ma chambre, Brooke le verrait certainement et elle commencerait à me regarder différemment. Pas comme elle me regardait actuellement. Comme un mec bien. Comme si j'étais le genre d'homme avec qui elle pourrait perdre sa virginité. Comme un type qui comptait pour elle, et qui avait les mêmes sentiments qu'elle.

En regardant Jasmine qui se mordre la lèvre inférieure, essayant délibérément de me séduire — à quoi elle échouait lamentablement, — je pris une décision. Une décision qui pourrait m'aider à abonner l'idée que Brooke et moi pourrions être plus que des amis.

Même que mon cerveau me disait d'aller de l'avant, alors que je regardais Jasmine et voyais ce qu'elle était, une femme artificielle, je savais que je devais faire quelque chose pour arrêter ce qui se passait entre la petite sœur de mon meilleur ami et moi. Mais bon sang, je ne voulais pas.

« Je ne sais pas, Jas... »

« S'il te plaît, Gannon. » Jasmine battit à nouveau des cils alors qu'elle déplaçait sa main le long de l'intérieur de ma cuisse. « Gannon, j'ai besoin de toi. Tu m'as laissé tomber, sans me dire ce que j'avais fait pour te perdre. J'étais dévastée. Je sais que tu ne le savais pas, car tu n'as pas pris la peine d'appeler pour savoir comment je prenais notre rupture. »

« Nous n'étions pas vraiment ensemble, Jasmine. Nous avons passé quelques nuits ensemble, mais nous n'étions pas en couple. Nous étions tous deux libres de faire ce que nous voulions. Aucun mot d'amour n'a jamais été échangé.

Elle leva la main pour m'arrêter. « Oh, je suis désolée de devoir te contredire, Gannon. Je t'ai souvent dit, après que tu m'aies fait jouir de nombreuses fois, à quel point j'aimais la façon dont tu me baisais. Des mots d'amour ont été échangés.

C'était tellement superficiel.

Tellement différent de Brooke.

Mais c'était l'occasion pour Brooke de me voir comme l'homme que j'étais vraiment, au lieu de l'homme que j'étais avec elle et mon fils.

« Je ne te promets pas que tu pourras rester pour la nuit ou même entrer dans ma chambre, Jasmine. Je ne suis pas sûr de vouloir ce genre de chose maintenant que j'ai un enfant chez moi. Je veux que l'enfant grandisse en me respectant. Et amener des femmes chez moi juste pour les baiser n'est pas l'idée que je me fais d'une bonne éducation. «

Elle sourit. « C'est très honorable de ta part, Gannon. Peut-être que ce garçon fait de toi un homme meilleur. L'homme que j'ai toujours su que tu pouvais être. Alors, prenons notre temps. Dînons ce soir, et on verra à partir de là. Je pense que je vais adorer ce nouvel homme que tu sembles être devenu. La paternité te va bien. »

« Devrais-je t'envoyer mon chauffeur ? » Je me levai, me préparant à partir, car je commençais à me sentir très mal à l'aise.

« Non, je viendrais par mes propres moyens. Vers huit heures ? » Demanda-t-elle en se levant elle aussi.

« Non. Vers six heures. Braiden, c'est son nom, se couche à huit heures. Nous mangeons donc à six heures. » Je levai les yeux au ciel, pour lui demander si c'était la meilleure chose à faire. Et comme toujours, elle ne me répondit pas.

« Je serai là. » Puis ses mains se posèrent sur mes bras et je la regardai. Elle me vola un doux baiser. Un baiser qui me laissa complètement de marbre. « Au revoir, Gannon. »

« Au revoir, Jasmine. »

En m'éloignant, je ne pouvais pas m'empêcher de penser que je venais de faire une terrible erreur. Mais comment résoudre ce problème ? Je ne savais pas si je devais le résoudre, ou le laisser en l'état. Cela fonctionnerait probablement. Brooke me regarderait probablement différemment.

Chaque pas que je faisais, me faisait réaliser la gravité de ce que je venais de faire. Voulais-je réellement que Brooke me regarde différemment ?

16

BROOKE

Braiden et moi étions assis dans la salle de jeux que je lui avais faite, dans l'une des pièces jamais utilisées de l'immense maison. Lui et moi étions allés au magasin plus tôt pour trouver des choses à y mettre. J'avais trouvé tous les types de jouets éducatifs et amusants pour l'aider à mieux se développer. Il était légèrement en retard, probablement à cause du manque total d'amour de sa mère, mais j'étais sûr que Braiden était très intelligent et qu'il allait rattraper son retard avec mon aide. La preuve en était qu'il adorait jouer à toutes sortes de jeux.

Lorsque la porte de la chambre s'ouvrit et que Gannon apparu devant nous, assis par terre, jouant avec des blocs portant des lettres et des chiffres, je regardai mon téléphone pour regarder l'heure qu'il était. « Tu es rentré. Je suppose que j'ai perdu la notion du temps.

« Oui, je suis là. » Il vint à nous pour prendre son fils. « Et comment vas-tu aujourd'hui, mon grand garçon ? »

Braiden rigola lorsque Gannon frotta sa joue contre la peau lisse du garçon. Je me levai et m'assurai que ma jupe était bien mise. « Je vois que tu nous as trouvé. J'espère que cela ne te dérange pas que je fasse de cette pièce un endroit où je peux aider Braiden à apprendre. »

"Pas du tout. En fait, quand Ashe m'a ouvert la porte, j'ai eu le plaisir d'entendre que tu avais trouvé de quoi t'occuper. C'est toi l'experte ici, pas moi, après tout. » Il se tourna pour quitter la pièce. Je le suivis.

Il marcha dans la direction opposée. Je pensais qu'il irait vers la salle à manger où nous dînions tous les soirs. Au lieu de cela, il se dirigea vers une plus grande salle à manger. Et je constatai que le personnel était occupé à la préparer. Des fleurs fraîches avaient été apportées. Une très belle nappe recouvrait la table. C'était du lin blanc, une matière, qui, nous l'avions appris très tôt, n'était pas faite pour Braiden. Nous l'avions fait retirer de la salle à manger que nous utilisions régulièrement.

Je ne posai pas de question, après tout ce n'était pas ma maison. J'entendis des pas venir vers nous, je me retournai et vis Ashe entrer dans la pièce, accompagné d'une femme.

Une grande et belle femme aux cheveux noirs qui me dépassa sans un regard et fonça droit sur Gannon. « Oh, qu'est-ce qu'il est mignon, Gannon ! »

Qui diable était elle ?

Gannon tourna son attention vers la femme qui venait d'entrer et l'embrassa sur la joue. « Tu es là, Jasmine. Voici mon fils, Braiden.

Elle prit la main du petit garçon et la secoua alors qu'il la regardait avec de grands yeux, avant d'enfouir timidement sa tête dans la poitrine de son père. « Oh, il est gentil, Gannon. » Elle tenait absolument à m'ignorer.

Je me tenais juste derrière Gannon. Ma timidité avait refait surface, mais je décidai de sortir de son ombre. « Bonjour, je suis Brooke, la nourrice de Braiden. Et vous vous appelez Jasmine ?

Elle acquiesça, me regardant une fois, ensuite regarda Gannon. « Tu ne m'avais pas dit qu'elle était si jeune. Peut-être que je devrais t'aider à trouver quelqu'un d'un peu plus âgé pour t'aider avec le garçon ?

Gannon me regarda avec un froncement de sourcils, ce qui m'inquiéta, cela voulait-il dire qu'il envisageait cela aussi. Puis il me fit un clin d'œil. « Je n'ai pas besoin d'aide, Jasmine. Son frère est l'un de mes meilleurs amis. Il me l'a recommandée. Brooke se spécialise dans le développement de la petite enfance à Berkeley. Qui pourrait mieux s'occuper de mon fils ?

Les yeux noirs de Jasmine me regardèrent des pieds à la tête, elle fit une petite grimace qui m'indiqua qu'elle devait me trouver un peu trop près de Gannon à son goût. Elle tendit la main et me prit par le bras, me tirant sur le côté. Je vis Gannon mettre Braiden dans sa chaise haute, qui avait été amenée dans la salle à manger plus extravagante.

« Si vous me permettez de demander, quel âge avez-vous ? » Quelle audace !

« Et vous ? » lui lançai-je.

« Trente, ma chérie. À ton tour. » Elle me défia du regard, comme si elle essayait de jouer la mère.

« Vingt. En quoi cela vous regarde ? »

Le sourire sur son visage me fit voir son soulagement. Était-elle là pour Gannon ? Était-elle sa petite amie ?

« Cela ne me regarde en effet pas du tout. Asseyons-nous. Elle tendit le bras en montrant la table somptueusement décorée.

A quel moment Martha Stewart était-elle passée ?

Il y avait six places assises à la table et des couverts pour quatre. Au bout de la table, Gannon était assis. Il y avait de la place de chaque côté de lui et l'une des places assises était située à côté de la chaise haute de Braiden. Quelle ne fut pas ma surprise quand cette femme inconnue s'empara de la chaise.

C'est ma chaise !

Les yeux de Gannon croisèrent mon regard, alors qu'elle prenait place entre son fils et lui. Il haussa les épaules et hocha la tête vers l'autre chaise. Je pris place, non sans lui avoir lancé un regard renfrogné.

Je voulais lui demander pourquoi il ne m'avait pas dit qu'il avait de la compagnie. Je les aurais laissés seuls. Je décidai qu'il n'était pas trop tard pour le faire. « Gannon, je peux prendre mon dîner dans ma chambre pour que toi et ton amie puissiez être seuls. »

Il me jeta un regard que je n'avais jamais vu auparavant. « Non. »

Non ? Mais si elle voulait aider son fils, pourquoi devais-je être là ?

La femme se pencha vers lui en murmurant : « Laisse-la partir si elle veut, Gannon. Je peux m'occuper de nourrir ton fils, chéri.

Mon sang bouillonnait. Je savais que je n'avais pas le droit d'être jalouse. Je n'avais pas le droit de lui en vouloir d'inviter une femme chez nous. Je n'avais aucun droit, mais j'étais livide !

« Elle fait partie de ma famille, Jasmine. Elle n'est pas notre employée. Elle reste. » Il me regarda une fois de plus avec un sourire sur son beau visage. « Le dîner ne serait pas le même sans son visage souriant à table de toute façon. »

« Comme c'est gentil n'est-ce pas, Brooke, » Jasmine me fit un sourire en coin alors que ses yeux se plissaient un peu, me faisant comprendre qu'elle ne pensait pas vraiment ce qu'elle disait. « Être traité comme un membre de la famille de la part d'un employeur n'est pas courant pour les domestiques. »

Domestique ?

Mais elle se prenait pour qui ? « Je devrais y aller, Gannon. »

Sa main se mit sur la mienne sous la table alors que je posais mes mains sur le haut de mes jambes, serrant mes cuisses, essayant de ne pas lui sauter dessus pour la gifler.

Cette réaction ne me ressemblait absolument pas, ce n'était pas mon genre de penser de cette façon !

« Non, Brooke. Tu vas rester. J'ai demandé à Consuela de nous faire quelque chose de spécial pour le dîner. Quelque chose que je pense que tu vas aimer. Je ne veux pas que tu le manges dans ta chambre. Je veux voir ton visage quand tu le goûteras. »

Le contact de sa main sur la mienne, caché à la femme de l'autre côté de la table, me réchauffa le cœur. Je décidai d'écouter Gannon tandis que ma colère descendait. « D'accord. »

Le repas fut effectivement une très bonne surprise, je n'avais jamais mangé quelque chose de comparable auparavant. Consuela avait préparé du faisan, et c'était délicieux. Mais je ne pouvais pas vraiment en profiter, car la femme qu'il avait invitée avait le don de me taper sur les nerfs.

Gannon dû se lever pour prendre un appel téléphonique, nous laissant seules toutes les deux, avec Braiden. Il mangeait activement la viande qu'elle avait mise devant lui. Il avait résolument tout sali, de la nappe à ses propres vêtements, une chose que je n'aurais jamais laissée se produire.

« Alors, tu vis ici ? » Me demanda-t-elle.

« Oui. » Je ne voulais pas bavarder avec elle et je continuais à manger.

« Alors, est-ce que Gannon amène d'autres femmes ici ? » Elle baissa la voix pour poser sa question.

« Non. » Je pris un verre du vin rouge, et l'avala presque d'une seule traite. Je n'avais pas vraiment l'habitude de l'alcool.

« C'est bon à entendre. Alors, penses-tu qu'il y ait une chance que lui et moi puissions y arriver ? » Demanda-t-elle.

« Arriver à quoi ? » Je n'avais aucune idée de ce dont elle voulait parler.

« Tu sais. Au mariage ? Maintenant qu'il doit s'occuper d'un enfant, il a enfin besoin d'une femme. Et je suis la personne qu'il lui faut. Je le convoite depuis plus d'un an. Lui et moi avions eu une relation, il y a un an de cela. Nous nous sommes bien entendus. Je pourrais me rendre disponible pour lui, il me verrait enfin comme une épouse et une mère. Elle se lécha les lèvres, trop pulpeuses. Beaucoup trop de collagène.

« Hmm. Qui sait ? » Je réussis à paraître aussi détachée que possible. « Je pense que j'ai besoin de plus de vin et cette bouteille est vide. Tu veux bien garder un œil sur Braiden pendant que je cours à la cuisine pour prendre une autre bouteille ?

« Non bien sûr que non. Et tu penses que tu pourrais prendre le garçon et l'occuper pendant que je me concentre sur son père ? » Mon estomac se retourna et je faillis vomir.

« Je ferai ce que je peux. » Je quittai la pièce et me dépêchai de partir à la recherche de Gannon.

Je n'allais pas laisser une telle femme faire ce qu'elle voulait de lui. Je lui rentrai presque dedans, alors que nous arrivions en même temps. « Bien. Gannon, je dois absolument te parler. »

Je lui attrapai la main et l'attirai dans la pièce voisine pour m'assurer qu'elle ne puisse pas nous entendre. Je fermai la porte derrière nous, tenant toujours sa main. Puis je me tournai vers lui alors qu'il me demandait : « Quel est le problème ? »

En regardant ses yeux bleus foncés, je pouvais voir qu'il n'avait pas la moindre idée de ce qu'elle avait en tête. « Gannon, cette femme a l'intention de te manipuler pour que tu l'épouses. Elle pense que ton fils est le moyen d'obtenir ce qu'elle veut. Elle m'a dit que cela faisait un an qu'elle te courait après ou quelque chose du genre. Ce n'est pas de l'amour. »

« Elle t'a dit ça, hein ? » Il détourna les yeux, puis haussa les épaules. « Je suppose que ça pourrait être pire ? »

Quoi ?

« Gannon, depuis combien de temps connais-tu cette femme ? »

« Je ne l'avais pas vu depuis un an. Nous sommes sortis ensemble pendant un mois avant que je perde tout intérêt pour elle. Pourquoi ? Qu'est-ce que ça fait ? Il avait l'air totalement sérieux.

« Qu'est-ce que ça fait ? » Je secouai tellement la tête que j'en étais étourdie. « Gannon, tu ne peux pas amener n'importe quelle femme rencontrer ton enfant. Et tu n'es pas sérieux quand tu dis qu'elle pourrait faire l'affaire ! Une femme ne peut pas occuper un poste simplement parce qu'il est vacant. Tu as arrêté de sortir avec elle pour une bonne raison. Rien chez elle ne t'attire. Il n'y a rien entre vous deux.

« Mais ça ne veut pas dire que ça ne peut pas s'arranger avec le temps, non ? » Sa question me fit trembler de colère.

« Gannon, tu l'as quittée. Tu n'as pas besoin de ce genre de femme, lâchai-je sans réfléchir.

Ses yeux s'adoucirent quand il me regarda. Je sentis l'un de ses doigts bouger sur ma main qui tenait toujours la sienne. « Hmm. Tu sais, tu as peut-être raison, Brooke. Penses-tu que tu pourrais être la femme qui me convient ? »

17

GANNON

Je regardais ses yeux bleu ciel danser tandis qu'elle me regardait, essayant de comprendre ce que je voulais dire.

Je n'avais pas prévu de dire ça. C'était sorti tout seul de ma bouche, sans que j'y aie vraiment réfléchi. Elle était si jalouse de moi que ça en était émouvant.

Peut-être qu'inviter Jasmine n'avait pas été l'erreur monumentale que je redoutais. Cela avait enfin permis à la vérité d'éclater — ou une certaine forme de la vérité, en tout cas Et Brooke n'était pas partie en courant. Elle était abasourdie et semblait un peu pâle, mais elle n'avait pas pris la fuite.

« Alors ? » Lui demandais-je.

« Tu te moques de moi, Gannon ? » Elle cligna rapidement des yeux.

« Non. » Je passai mon pouce sur le dos de sa main, heureux qu'elle ne l'ait pas encore enlevée. « Je dois te poser cette question parce que, j'y pense depuis un moment. Je n'arrête pas de penser que tu es la femme qu'il me faut. Je ne savais pas comment te demander ce que tu en penses. »

« Alors pourquoi tu as invité cette femme ? » Elle semblait stupéfaite.

Moi aussi. « Je ne sais pas vraiment pourquoi j'ai fait ça. Je l'ai croisée après le déjeuner avec August cet après-midi. Elle voulait venir ici, je ne voulais pas la voir ; mais elle m'a donné une idée. Une horrible idée.

"Tu voulais voir si sa présence allait me rendre jalouse ?" Me demanda-t-elle alors qu'elle inclinait la tête sur le côté.

"Bien, pour être honnête, je voulais que les choses changent entre nous deux. Elle semblait être la personne idéale pour changer les choses. Peut-être que tu commencerais à me regarder de manière différente, ce qui mettrait fin à la connexion que nous avons et qui ne cesse de s'intensifier avec le temps. »

« Ou tout simplement, me rendre jalouse ? » Demanda-t-elle. Puis elle retira sa main de la mienne et se détourna. « Tu m'as manipulé, Gannon. »

Je posai ma main sur son épaule et la fit se retourner. Je voulais voir son visage. « Je sais. Je suis désolé. Si ce n'était pas déjà compliqué entre nous, j'aurais fait les choses différemment. Tu sais que l'amitié de ton frère est importante à mes yeux. C'est une des raisons pour lesquelles je ne t'ai pas dit ce que je ressentais pour toi. Mais plus que ça, Brooke, je tiens à toi. Je savais que je devais être l'homme que tu mérites avant que je ne te fasse une déclaration. »

« Alors, qu'est-ce que cela signifie, Gannon ? » Demanda-t-elle, toujours perplexe.

« Cela signifie que je te veux. Je te veux très fort. Je n'ai jamais ressenti cela avec personne. Jamais. Je peux te faire des promesses que je n'ai jamais pensées faire à qui que ce soit auparavant. » Je savais que je lui déballais tout et cela m'était égal.

« Quelles promesses ? » Ses yeux s'écarquillèrent en me regardant.

Je savais que mes paroles resteraient gravées dans son cœur. Elle allait se souvenir de cette conversation pour le reste de sa vie. Je savais qu'elle s'en souviendrait. J'allais choisir mes mots avec attention. Brad allait devoir accepter notre relation, parce que j'avais vraiment besoin de sa sœur. J'étais amoureux de sa sœur... C'était vrai. J'étais tombé amoureux d'elle bien plus que de façon physique. La pensée de me réveiller un jour et de ne pas l'avoir à mes côtés me rendait complètement fou. Je pensais à elle autant que je pensais à Braiden, je ne voulais rien de plus que la voir sourire. « Brooke, je promets que je te serai fidèle. Je ne te ferai jamais de mal intentionnellement.

« Tu veux dire que ce serait juste toi et moi ? » Elle avait l'air de ne pas me croire. « Tu as déjà fait cela avec quelqu'un d'autre ? »

Je secouai ma tête. « Trente ans et tu es la première fille à qui je n'ai jamais demandé d'être avec moi de cette façon. Brooke, je veux être ton premier et ton seul amour.

Elle me fixa du regard avec une telle incrédulité que je la pris dans mes bras et l'embrassai de toutes mes forces. Son corps se fondit contre le mien et je sentis le doux parfum de son shampooing à la menthe.

« L'amour ? »

« L'amour, Brooke. Je t'aime. » Ça faisait du bien de le dire. « Je t'aime tellement que si ce que je viens de dire ne te tente pas, je te laisserais partir sans essayer de te persuader. Je ne veux absolument pas perdre ton amitié. »

Sa tête était appuyée contre ma poitrine. Son cœur battait si fort que je pouvais le sentir. « Je veux tout, Gannon. Cela fait un moment que je ressens cela. J'ai rêvé de ce moment. » Elle leva la tête pour me regarder et je vis des larmes qui brillaient dans ses jolis yeux. « Je t'aime aussi. Depuis un moment, tu sais. Cet homme que tu es avec Braiden et moi, je suis tombée amoureuse de cet homme. Mais je sais comment ma famille va réagir. Nous devrons garder cela secret. »

« Non. Je peux en parler à ton frère. Tu n'as pas à t'inquiéter. Mes lèvres tremblaient, j'avais tellement envie de l'embrasser. « Brooke, je peux t'embrasser ?

Elle posa ses mains sur mes biceps en se léchant les lèvres et me regarda dans les yeux. « S'il te plaît. Cela fait si longtemps que j'en ai envie. »

Je bougeai lentement la tête pour effleurer ses lèvres et quand elles se touchèrent, quelque chose à l'intérieur de moi se réveilla, comme si quelque chose d'autre s'était brisée, explosant d'une manière que je n'aurais jamais cru possible.

Cette fille, m'avait complètement retourné, je sus à cet instant, que je ferai n'importe quoi pour elle.

Quand nos bouches se séparèrent, je la regardai, les yeux toujours fermés. « C'est comme ça que tu l'imaginais bébé ? »

« C'est tellement mieux, murmura-t-elle. Ses bras passèrent autour de moi alors qu'elle me serrait dans ses bras. « Je veux plus Gannon ! »

Je me blottis contre ses cheveux et embrassai son cou, me rapprochant de son oreille. « Tu auras tout ce que tu veux Brooke. Mais ne nous pressons pas.

« Pouvons-nous commencer ce soir ? » Elle dit ses mots si doucement que je ne les entendis presque pas.

« Nous pouvons. » Mon cœur battait la chamade. Mon esprit était agité. Mais je devais absolument m'occuper de quelque chose. « Je vais me débarrasser de Jasmine. Peux-tu t'occuper de Braiden, lui donner son bain pendant que je fais ça ? Ensuite, je te retrouverai dans sa chambre pour lui lire une histoire, jusqu'à ce qu'il s'endorme. Ensuite, toi et moi pourrons aller dans ma chambre. Si tu veux. »

Elle me regarda avec des yeux remplis d'une excitation nerveuse que je n'avais jamais vue auparavant. « Gannon, est-ce que c'est bien vrai ? Où est-ce que je rêve encore ? »

« C'est vrai, bébé. C'est le plus réel de tous les sentiments que je n'ai jamais ressentis et je veux que tu ne t'inquiètes de rien. Je prendrais soin de toi, je te le promets. « Je l'embrassai de nouveau alors que ses lèvres me suppliaient de le faire.

Je lui donnai un dernier doux baiser, le deuxième des milliards et des milliards de baisers que je lui donnerai à l'avenir. Jamais je n'avais connu d'amour comme ça. J'étais tombé amoureux de mon fils et, d'une certaine manière, j'avais ouvert mon cœur comme jamais il ne l'avait été.

Entre lui et Brooke, je sentais maintenant mon cœur déborder d'amour. Et les choses ne pourraient que s'améliorer à partir de maintenant.

« Gannon, je sais que tu as dit que tu pourrais parler à Brad et lui faire comprendre notre situation. Mais je ne veux pas que tu fasses ça. Promets-moi que tu vas garder notre relation secrète. Je ne veux pas que le personnel sache non plus. S'il te plaît. » Elle me regarda avec des yeux suppliants.

« Mais... » Je dus protester. Elle devait me laisser être honnête et ouvert à ce sujet. Elle était la meilleure chose qui me soit arrivée, en dehors de Braiden. Je voulais le crier sur tous les toits.

« S'il te plaît, Gannon. Promets-moi que ce sera notre secret. »

Avec un soupir, je posai mon front contre le sien. « D'accord. Je te le promets pour l'instant. »

Seulement pour l'instant...

18

BROOKE

Mes rêves étaient devenus réalité. Gannon ressentait la même chose que moi. Quelques semaines s'étaient écoulées depuis que nous vivions sous le même toit, avant qu'il ne puisse admettre ses sentiments pour moi, mais il l'avait finalement fait et moi aussi.

Le regarder pendant qu'il lisait un livre à Braiden me faisait fondre encore plus que d'habitude.

Le fait de savoir que lui et moi étions amoureux était incroyablement agréable.

Je pouvais le voir à travers son regard, qu'il avait pensé chaque mot qu'il m'avait dit. Pour être honnête, je m'en doutais déjà depuis un certain temps. Ses yeux me l'avaient dit bien avant sa bouche.

Un coup d'œil à Braiden me permit de constater qu'il avait du mal à garder les yeux ouverts, et que sa respiration ralentissait. « Il va s'endormir. » Gannon embrassa son fils sur la tête, comme il l'avait fait tous les soirs depuis le tout premier soir.

Brad m'avait dit, quelques jours auparavant qu'il n'avait jamais vu Gannon aussi heureux et plein de vie. Il mettait cela sur le compte de Braiden. Je savais que cela était vrai, en partie, mais j'avais moi aussi, une petite part de responsabilité dans ce nouvel équilibre.

Si j'étais plus âgée, nous aurions pu être plus ouverts sur notre relation. Mais j'étais encore un enfant aux yeux de ma famille. Je savais que nous devions garder le secret. Probablement pour très longtemps.

Remettant le livre dans la bibliothèque, Gannon leva les yeux vers moi et le délicieux frisson qui me parcourut alors que nos regards se croisèrent, cela révéla la tension qu'il y avait dans l'air. « Tu es prête ? »

Une vague de timidité menaça soudain de me submerger, mais je luttai contre. Je hochai la tête et me levai, laissant Braiden endormi, à poings fermés. Gannon m'attendait, il me prit dans ses bras forts et me porta hors de la chambre à coucher et de l'autre côté du couloir.

Je retenais mon souffle. Mes entrailles palpitaient d'excitation. Je posai ma tête sur son épaule large pour essayer de me calmer. Il allait me voir nue ! « Mon Dieu, que je suis nerveuse.

« Je suis content que tu l'admettes. C'est très humain de ressentir cela. » Il ferma la porte derrière nous, puis m'emmena dans son lit. En m'allongeant doucement, il se tint au-dessus de moi pour me regarder. Ses gros doigts se mirent au travail, déboutonnant ma chemise. Il l'ouvrit puis grimpa sur le lit à côté de moi et embrassa le haut de mes seins qui sortaient de mon soutien-gorge. « J'avais tellement envie de te goûter, Brooke. »

Mon estomac se serra sous le coup de l'émotion. Mais je devais lui avouer quelque chose aussi. « Moi aussi j'avais envie de te goûter, Gannon. »

Il retira sa bouche chaude de ma peau brûlante, levant les yeux vers moi. « Vraiment ? »

Je hochai la tête. Il y avait tellement de choses à explorer. J'étais tellement impatiente, je voulais tout, tout de suite, malgré ma peur irrationnelle de lui faire voir mon corps nu. « Et si tu me laissais faire... »

Il ne me laissa pas finir. « S'il te plaît, je veux que tu me laisses faire, je veux me concentrer sur toi d'abord. Ensuite, nous verrons si toi aussi tu as envie de me toucher. Je veux d'abord te faire découvrir des choses que tu n'as jamais ressenties. J'en meurs d'envie, bébé. »

Mon cœur s'était arrêté, mon corps tremblait et j'essayais de me préparer pour l'aventure qui était sur le point de commencer. « D'accord. »

Gannon se mit à enlever mes vêtements, avec une lenteur hypnotique, il allait si lentement que plus d'une fois je dus me mordre les lèvres pour ne pas crier mon impatience. Ce sentiment de frustration, d'attente, et d'euphorie allait de pair avec l'angoisse insupportable qu'il pouvait me regarder sous tous les angles. Je voulais juste qu'il me prenne. Je voulais sentir son poids sur mon corps. Je voulais sentir sa bite me pénétrer et me remplir.

Mais il avait décidé d'être lent avec moi, embrassant chaque millimètre de ma peau sur lequel il posait ses lèvres. J'étais en feu alors qu'il faisait courir ses lèvres sur toute la surface de ma peau, du haut de ma tête à la pointe de mes pieds. Puis il écarta doucement mes jambes. Ses yeux étaient fixés sur ma chatte et j'étais tellement gênée que j'aurais voulu disparaître sous terre.

Mais à quoi pouvait-il penser ?

Il grogna en remontant sur le lit, son corps encore habillé entre mes jambes. Ses mains caressaient l'intérieur de mes cuisses.

Je le voyais regarder entre mes cuisses, les yeux fiévreux, complètement envoûté par ce qu'il voyait. Ses mains écartèrent encore un peu plus mes cuisses alors qu'il se penchait sur moi, ses lèvres touchant à peine les miennes encore innocentes. Sa langue se posa à plat sur mon sexe humide. « Ahh... » C'était impossible pour moi de réprimer le gémissement qu'il avait provoqué. Tout l'embarras et la gêne que j'avais ressentie jusque-là disparurent en un instant.

Ses doigts pétrissaient l'intérieur de mes cuisses alors qu'il faisait aller et venir sa langue sur tout mon sexe. Je gémis, la sensation qu'il me procurait était trop intense. Il était incroyable. Et il était tout à moi. Il me l'avait promis.

Ses mains se déplacèrent vers mon cul, il me tira vers le haut enfonçant sa langue en moi, dans un rythme lent et répétitif. Dedans et dehors, dedans et dehors. Le plaisir me donnait la sensation de monter de plus en plus haut, mon corps ne semblait plus m'appartenir.

Non, c'était le sien. Mon cœur lui appartenait tout entier, et seulement à lui. J'avais pris la bonne décision en l'attendant. J'en étais persuadée.

Je me penchais sur les draps alors qu'il sortait sa langue de moi, l'insinuant dans ma fente, puis sa bouche se posa sur mon clitoris.

Il le suça un peu, puis le tapota du bout de la langue. Il fit cela quelques secondes, jusqu'à ce que je sente une vague se former au plus profond de moi, me remplissant de plaisir, de désir et de passion. Le vibromasseur ne valait rien, comparé aux prouesses de cet homme talentueux. L'orgasme me prit par surprise et un cri m'échappa sans que je le veuille. « Oui, Gannon ! Oui ! Oh mon Dieu ! »

La façon dont il embrassa les lèvres de mon sexe me transportait plus loin dans le plaisir. Puis il se leva et se déshabilla devant moi alors que j'essayai de reprendre mon souffle, encore secouée par le plaisir qui continuait à m'emporter, effaçant toute trace de timidité qui restait encore en moi.

Il pouvait me regarder autant qu'il il voulait, du moment qu'il continuait à me donner ces sensations encore et encore pour le reste de ma vie.

Je ne pouvais pas quitter son corps des yeux alors qu'il se déshabillait. Je savais qu'il avait un physique irréprochable, mais, Dieu qu'il était beau !

« Oh bébé. Oh, Gannon... » Je laissai échapper un gémissement alors que l'extase me submergeait. Je dévorais son corps parfait des yeux, fixant mon regard sur ses abdos si bien dessinés, et ses pectoraux massifs, ses biceps saillants, me faisaient fondre de désir pour cet homme exceptionnel. Ses jambes étaient aussi ciselées que le reste de son corps. "C'est comme si tu étais taillé dans la pierre, Gannon. Tu es magnifique. »

« Je pense que tu es bien plus magnifique. » Il plaça sa main sur mon ventre et mes jambes s'immobilisèrent complètement.

J'inspirai en attendant de voir ce qu'il allait faire ensuite. « Gannon. » Je m'arrêtai pour essayer de penser à ce que je devais lui dire.

« Parle-moi bébé, si tu n'es pas prête nous ne sommes pas obligés de...

Je l'arrêtai aussitôt. « Non. Et nous devons le faire. Nous devons absolument le faire. Je n'ai jamais autant voulu quelque chose de ma vie. Mon problème, c'est ce que je ne sais pas comment faire... »

« Est-ce que c'est à propos de la contraception, Brooke ? » Il me sourit puis fit un clin d'œil. « J'ai des préservatifs. »

Je ne voulais cependant pas les utiliser. Et je ne savais pas comment lui dire ça. Je fermai les yeux et me lançai. « Je prends la pilule, depuis que j'ai seize ans. Et tant que tu sais que tu es sain, sexuellement parlant, alors... »

Il allongea son corps sur le mien. Je pouvais sentir sa bite vibrante se presser contre moi, alors qu'il essayait de ne pas me pénétrer. Je me cambrai, le voulant à l'intérieur de moi, frustrée qu'il semble vouloir attendre.

Agacée, je me retrouvai à le supplier : « S'il te plaît, Gannon. S'il te plaît, j'ai envie de toi, maintenant.

« Oh, bébé... » Il émit un faible grondement. « Tu ne sais pas à quel point je veux être à l'intérieur de toi. Mais je ne veux pas te faire de mal. »

« Arrête de t'inquiéter pour ça », gémissais-je. « S'il te plaît, fais-le, bébé. J'ai besoin de toi. »

Il soupira et embrassa mon cou, ce qui me rendit totalement folle. Je me tendis vers lui, incapable d'en supporter plus. « Gannon. Baise-moi. S'il te plaît. »

« Oh putain, bébé. Je savais que tu serais comme ça. Continue à me parler comme ça. Dis-moi ce que tu veux. Ce dont tu as besoin, grommela-t-il. « Montre-moi qui tu seras seulement avec moi. Celle que personne d'autre ne verra jamais. «

"S'il te plaît, baise-moi, Gannon. Prends-moi. »

« Tu es déjà à moi, chérie, » murmura-t-il, prenant mon visage dans ses mains et m'embrassant si doucement que j'aurais pu pleurer devant tant de tendresse. « Tu l'as toujours été. Puis il s'assit sur ses pieds, plaça sa main sur sa queue, la guidant jusqu'au bord de mon vagin frémissant. Il me regarda dans les yeux alors qu'il s'alignait devant, puis il s'enfonça en moi, rapidement.

La chaleur me déchira, et je me raidis. Mes ongles s'enfoncèrent dans la chair de ses bras alors que je criais : « Oh mon Dieu ! »

Il resta parfaitement immobile, nous haletions tous deux comme des animaux. Puis il commença à bouger lentement. « C'est bien mon amour, tu as été courageuse. »

« C'est fait ? » Demandai-je alors que quelques larmes coulaient sur mes joues, car cela faisait encore très mal.

« La partie difficile est terminée. À partir de maintenant tu ne ressentiras que du plaisir. » Il m'embrassa alors et je l'entourai de mes bras, le laissant me pénétrer plus profondément.

La douleur disparut comme par enchantement et doucement, mon corps se mit à bouger avec le sien, sachant que j'avais attendu toutes ces années l'homme qu'il me fallait.

19

GANNON

Cette relation ne ressemblait à aucune des expériences que j'avais eues par le passé. Je savais de toute façon aussi que je ne ressentirai plus jamais cela avec aucune autre femme. Jamais de la vie.

En faisant des gestes lents pour habituer son corps à ma corpulence, je ne pouvais m'empêcher de remarquer que je me sentais léger, comme si la gravité avait cessé d'exister.

Nous aurions pu être en train de flotter sur un nuage autant que je le sache. Tout était sans effort, quand nous faisions l'amour. Je ne savais pas où je commençai et où Brooke finissait. Et je ne voulais jamais que cela s'arrête.

En retirant ma bouche de la sienne, j'embrassai son cou, puis je descendis jusqu'à ce que j'aie un de ses délicieux mamelons entre les lèvres. Je le mordillais au début, incapable de résister à l'envie de la sucer plus durement, je devenais tellement plus exigeant, j'avais envie d'elle.

Elle suffoqua, et je sentis son corps trembler un peu. Ses mains s'accrochèrent à mes cheveux et son corps se mit à onduler comme une vague, secouée de pur désir. « Gannon ! Mon Dieu ! » Je sentais qu'elle commençait à se resserrer à l'intérieur et surpris, je sentis qu'elle avait un orgasme.

Continuant à sucer sa poitrine juteuse, je savourais la façon dont son corps convulsait autour de ma bite. C'était tellement serré, et elle bougeait d'une manière qui avait tellement enflammé tout mon corps que j'étais impuissant face à tant de désir, ma propre jouissance avait été prolongée.

En lâchant son sein, je gémis bruyamment en éjaculant en elle. J'ouvris les yeux et regardai son beau visage alors qu'elle gémissait. Ses ongles étaient enfoncés dans mes biceps alors qu'elle me serrait contre elle.

« Je t'aime, Brooke. » Je me penchai et embrassai ses lèvres d'un doux baiser. « Merci. »

Elle passa les mains sur mes joues en me regardant avec des yeux scintillants. « Merci, Gannon. Je savais que c'est toi qui me ferais jouir pour la première fois. »

Pour la première fois ?

Je voulais que ce soit à chaque fois.

Je l'embrassai à nouveau, d'un baiser tendre, pour lui montrer à quel point je la chérissais. « Si je le pouvais, je passerais ma vie dans ce lit avec toi, pour l'éternité. »

Elle sourit, les lèvres un peu enflées par tous les baisers que nous nous étions donnés. Je dus prendre ces délicieuses lèvres une dernière fois. Sa bouche s'ouvrit, le bout de sa langue touchant la mienne. Légèrement, ils se mirent à danser, et je sentis ma bite de nouveau revenir à la vie à l'intérieur de ses profondeurs trempées.

Le goût de ses lèvres était enivrant, nos langues se touchaient avec passion, lenteur, j'enroulai la mienne autour de la sienne, tout doucement, la goûtant ave délice. Ses dents étaient lisses contre les côtés de ma langue, puis je sentis qu'elle se rapprochait encore de moi, goûtant ma langue et gémissant.

De petites pulsations couraient le long de ma bite, lorsque je sentis son corps répondre à mon baiser. Je retirai doucement ma langue de sa bouche, déclenchant un murmure de mécontentement, avant d'effleurer son cou de mes dents. Je la mordillais tendrement, me donnant quelques secondes pour reprendre mon souffle mordant, avant de poser mes lèvres sur la zone qui la rendait sensible, juste derrière son oreille.

Le moindre de ses gestes provoquait une décharge d'électricité pure dans leur sillage. « Je n'ai jamais ressenti ça avant, Brooke. » Je lui mordis le cou, la faisant gémir alors qu'elle s'arquait vers moi.

Doucement, je commençais à bouger mon corps vers le sien, lentement et sensuellement. Elle était si étroite, si serrée, elle me serrait contre ses parois molles. Humide de nos orgasmes, sa chatte s'enroulait autour de ma bite, me permettant de faire des va-et-vient, avec beaucoup plus de facilité

Ses lèvres douces effleuraient mon épaule alors qu'elle relevait ses jambes, me permettant de m'enfoncer un peu plus profondément en elle. Elle gémit de plaisir, « Gannon, ça ne peut pas être réel. C'est trop incroyable. Je suis là, dans ton lit, dans tes bras. »

Je tremblais en entendant ses paroles. « Oui, tu l'es. J'ai l'impression que tu as toujours appartenue à cet endroit. Avec moi, ici, comme ça. » Je l'embrassai sur la joue, puis je goûtai ses lèvres pendant un bref instant avant de m'éloigner pour la regarder. « Tu es tellement belle mon amour. »

Le bleu de ses yeux brillait comme des bijoux quand elle souriait. Ses joues étaient déjà rouges à cause de ma barbe de quelques heures, mais elles devinrent un peu plus écarlates après mes paroles. « Gannon, arrête. »

Secouant la tête, je frottai mon nez contre le sien. « Non, je n'arrêterai pas. Tu es incroyable. Et je ne me suis jamais senti aussi heureux de toute ma vie. »

Elle gloussa en s'arquant contre moi. « Gannon, tu es trop beau pour être vrai. »

Je n'étais pas trop bien pour être quoi que ce soit. J'avais une chance inouïe qu'elle ait daigné me laisser entrer dans son cœur, dans son corps, dans sa vie.

J'avais tant de choses à lui montrer, à apprendre d'elle, à ressentir avec elle. Alors même que je plongeai ma bite en elle, je savais qu'il y avait tant de choses que je voulais faire. Mais j'allais devoir être patient. J'aurais le temps de faire tout ce que je voulais avec elle.

« C'est réel. Nous sommes réels, Brooke. Un vrai couple marchant, parlant, vivant, ensemble. » Je pris sa lèvre inférieure entre mes dents et tirai dessus, la faisant gémir.

« Pourquoi tout ce que tu me fais me fait du bien, Gannon ? » Elle serra ses jambes autour de moi, me serrant contre elle. « Je pourrais vivre comme ça ici avec toi pour toujours, si c'était possible. »

« Mais ça l'est », je grognai m'enfonçant encore plus profond en elle, un peu plus fort et un peu plus vite. Je voulais lui donner un autre genre de plaisir. Je commençais à la pénétrer plus rapidement, plus violemment, si fort que je pouvais sentir l'air sortir de ses poumons par sa bouche.

Je me retournai pour la mettre sur moi. Mais quand je la repoussai pour qu'elle s'assoie sur moi et qu'elle me laisse voir ses beaux seins lourds rebondir, pendant que je pénétrais sa chatte serrée, elle s'accrochait à moi fermement.

Je me retournai de nouveau pour la clouer au lit sous moi. Furieusement, je la pris, en l'embrassant. Puis je tirai ses bras au-dessus de sa tête, la clouant au lit pendant que je la regardais dans les yeux et la baisai de toutes mes forces. « Continue de me regarder, Brooke. Je veux voir le plaisir sur ton visage quand tu jouiras sur ma bite. »

Ses yeux s'ouvrirent en grand, et elle se mordit la lèvre. Elle hocha la tête et garda ses yeux rivés sur les miens.

En me frottant au fond d'elle, je voulais m'assurer que mon corps frottait contre son clitoris en même temps de que j'étais au fond d'elle. Elle se mordit la lèvre plus fort alors que son corps commençait à trembler.

Je sentis ses entrailles se refermer sur ma bite et je luttai contre l'orgasme qui montait en moi aussi longtemps que possible. Mais c'était peine perdue, la vague irrépressible de plaisir m'emporta sans que je puisse résister, je jouis de toutes mes forces.

Son visage était déformé par le plaisir tandis qu'elle continuait de jouir. Elle essayait tellement fort de me faire lâcher prise, mais je voulais continuer à regarder ce visage d'habitude si doux, et timide, complètement transformé par le plaisir.

Je soulevai mon corps plus haut pour voir ses seins lourds et magnifiques se balancer et tressauter devant mon visage.

Magnifique.

Absolument incroyable.

« Oui mon amour, je ressens cela. Fais-toi plaisir. C'est exactement ce que je veux pour nous deux, arriver là où rien d'autre n'a d'importance à part toi et moi. » Je l'embrassai une fois de plus avant de lui lâcher les mains.

Tombant à côté d'elle, j'essayai de reprendre mon souffle en l'écoutant faire la même chose. Dans un murmure dur et à bout de souffle, j'entendis ses douces paroles. « Gannon, je t'aime, putain. »

« Oui, chérie, moi aussi je t'aime. » Les mots, que je n'avais jamais dits à aucune autre femme jusqu'à aujourd'hui, me venaient trop facilement avec Brooke. Je serrai sa main fermement, en entrelaçant nos doigts. En les soulevant, j'embrassai les siens. « Dormons un petit moment. Après cela, je te réveillerai et je réaliserai d'autres de tes rêves. »

Elle tourna la tête vers moi, et je vis un regard qui ne me plu pas du tout. « Gannon, je dois retourner dans ma chambre pour dormir. Le moniteur de Braiden est là-bas et... enfin... Je ne veux pas qu'on nous voie comme ça. »

« Mais... »

Elle m'embrassa doucement puis s'éloigna, sautant hors de mon lit et saisissant ses vêtements, elle les enfila rapidement, alors que je restai allongé et la regardai dans la plus grande confusion.

« Je suis désolée mon amour. Je ne peux pas rester dans ta chambre avec toi. Je ne veux pas que le personnel comprenne ce qui se passe. Nous étions d'accord pour garder notre relation secrète» elle prit son soutien-gorge et le cacha sous sa chemise. « J'ai passé un bon moment. Et je suis vraiment contente qu'on ait fait ça. Personne d'autre n'aurait pu faire mieux. Bonne nuit, bébé. »

« Brooke, je veux que tu restes. Je ne veux le cacher à personne. » Le ton de ma voix me semblait un peu trop suppliant à mon goût. Je me raclai la gorge. « Brooke, bébé, je t'aime. Je te veux avec moi. Ici, dans mon lit. Un lit que j'espère que tu appelleras notre lit. »

D'un léger rire, elle secoua la tête, faisant rebondir autour d'elle les vagues dorées de ses cheveux. « Non, idiot. Bonne nuit. Je te verrai à la table du petit-déjeuner demain matin. » Elle m'envoya un baiser et elle sortit

La porte se referma, j'étais là, seul, me demandant à quel moment j'avais perdu la main.

20

GANNON

Le lendemain matin, je ne m'étais jamais senti aussi léger et heureux. Je n'avais aucune idée que l'amour faisait ressentir cela. Mon instinct était d'aller directement dans la chambre de Brooke et de la réveiller avec un long et doux baiser, mais je savais qu'elle devait être épuisée et je dus résister.

Alors que je réajustais ma cravate, je remarquai que mon téléphone portable était sur la table de nuit. Il y avait un message que j'avais manqué.

C'était un numéro que je n'avais pas dans mes contacts.

Mes yeux s'écarquillèrent et je manquai de m'étouffer.

–Laissez tomber la boîte de nuit, ou nous tuerons votre fils. Ce n'est pas une menace, c'est une promesse.

Je laissai tomber le téléphone et me précipitai pour aller voir Braiden. J'ouvris la porte de la chambre encore sombre parce que le soleil ne s'était pas encore levé, je l'y trouvai, dormant à poings fermés. Tremblant presque de soulagement, je replaçai une de ses jambes sous la couverture et lui embrassai le front avant de le quitter à nouveau. En descendant le couloir, j'appelai mon garde du corps pour lui demander de venir à l'intérieur.

Samson avait été à mes côtés depuis mon adolescence. Il avait une vingtaine d'années et avait moins de dix ans de plus que moi lorsque mon père l'avait engagé comme garde du corps. Il était d'une discrétion incroyable, la plupart du temps. Il vivait dans une petite maison qui ressemblait à une cabane à outils. Mais c'est ainsi qu'il voulait vivre. Il disait que cela lui donnait une vue parfaite sur l'entrée avant et de l'entrée arrière où était placée sa maison. De plus, personne ne se douterait qu'il était juste là, assez près pour rester proches de tous ceux qui pourraient essayer de m'atteindre.

Ma mère l'appelait mon ange gardien. Hors de la vue de la plupart des gens, mais toujours présent.

Lui et moi étions dans l'entrée. « Reste avec eux aujourd'hui, Samson. » Je lui montrai le sms.

« Compris, patron. » Il me regarda de ses yeux sombres qui, je le savais, avaient vu beaucoup d'horreurs. En tant qu'ex-marine, je savais qu'il pourrait raconter des histoires qui donnerait des frissons. Mais il n'en parlait jamais. Lui et moi n'étions pas amis. C'était mon protecteur, et il prenait ce travail au sérieux. « Et toi, qu'en penses-tu ? »

« Ils comptent plus maintenant. » Je passai ma main dans mes cheveux. C'était un tic nerveux que je n'avais pas encore réussi à dominer. « Essaye de voir si tu peux trouver quelqu'un pour ma protection quand tu auras le temps. Je veux que toi tu veilles sur eux deux. Je sais que la menace est pour mon fils, mais sa nourrice prendrait certainement une balle pour lui. Tu devras aussi la protéger. Mais ne leur dis pas que tu le fais. Essaye de rester très discret. J'en parlerai à Brooke quand je rentrerai à la maison. »

« Oui. Je m'en occupe. Ils ne sauront jamais que je les surveille. » Il sortit de la pièce et s'arrêta sur le pas de la porte pour me regarder. « Sois prudent, Gannon. Je n'aime pas te laisser sans protection. « Il vaudrait peut-être mieux que tu appelles la police et qu'elle vienne ici. »

« Je ne veux pas contrarier Brooke avec ça. C'est peut-être quelqu'un que les flics peuvent facilement trouver, puisque j'ai un numéro de téléphone. » Je me retournai pour partir. « Tout ira bien pour moi. Et je serai à l'affût de tout ce qui sort de l'ordinaire. »

Samson n'était pas impressionné par mes bonnes résolutions, mais il s'éloigna pour aller veiller sur les gens que j'aimais le plus au monde.

Sur le chemin du poste de police, je décidai d'appeler mes partenaires concernés par la boîte de nuit. Aucun des deux n'avait été contacté, il n'y avait que moi, mais ils décidèrent quand même de me rencontrer au poste de police.

Après l'incendie, et une menace comme celle-ci, il était clair que quelqu'un avait quelque chose contre notre boîte de nuit. Mais pour quelle raison, aucun d'entre nous n'avait la moindre idée.

Ils m'attendaient tous deux devant le poste de police, au moment où le soleil se levait à l'horizon. L'endroit n'était pas encore très animé si tôt le matin. August avait l'air fatigué, et je savais qu'il était un peu tôt pour lui.

« Vous savez, je peux probablement gérer ça tout seul, les gars. »

Tous deux secouèrent la tête, comme le disait Nixon : « Non, nous sommes tous dans le même bateau. Une menace envers ton enfant n'est pas une chose à prendre à la légère, et que tu devrais gérer tout seul. La seule raison pour laquelle nous n'avons pas été menacés, c'est parce qu'aucun de nous n'a quelqu'un dans sa vie qui pourrait être utilisé contre nous. »

August acquiesça d'un signe de tête. « C'est exact, Gannon. On est tous dans le même bateau. »

Après avoir attendu un moment que nous avions tous trois jugé trop long, un détective finit par nous recevoir. Nous ne savions pas qu'il avait été affecté à l'enquête sur l'incident qui s'était produit au club. L'inspecteur Peterson n'avait encore rien découvert. Aucun d'entre nous n'était donc satisfait de son travail ou du fait que c'est lui aussi qui s'occupait d'enquêter sur les menaces. La seule chose qu'il avait réussi à découvrir pour nous, c'est le numéro d'où provenait le message, c'était un faux numéro, il n'était pas opérationnel.

En quittant le poste de police nous prîmes la décision de nous occuper nous-mêmes de tout cela avec nos propres hommes et nos propres moyens.

August marmonna : « Tu le crois, ce type ? »

Nixon secoua la tête. « C'est une blague. »

Nous sommes retournés à pied à nos voitures qui étaient garées dans le parking, qui était maintenant bien rempli, car trois heures s'étaient écoulées et la journée avait officiellement commencé.

En appuyant sur le porte-clés pour déverrouiller ma voiture, je grognai : « Qui diable à Vegas se préoccuperait autant de ce que l'on fait construire et irait aussi loin ? »

Le détective avait eu l'idée d'enquêter sur les autres propriétaires des boîtes de nuit haut de gamme de Las Vegas. Il pensait que c'était un ou plusieurs d'entre eux qui ne voulaient pas de compétition à l'arrivée de notre club sur le marché.

Les mots exacts du vieil homme avaient été : « Il n'y a pas beaucoup de gens super riches sur toute la planète qui peuvent se permettre d'aller dans des clubs aussi chers que ça ».

Si c'est ce que pensait le détective à qui l'on avait assigné notre affaire, il était à prévoir que nos ennuis ne trouveraient pas de solutions. Nous devions agir avant qu'une autre chose terrible ne se produise. Potentiellement, quelque chose de pire.

« Rentre chez toi, Gannon. » Nixon fit un signe de tête en direction de la voiture dans laquelle était son garde du corps. « Mon gars va te suivre pour s'assurer que tu arrives sain et sauf. Nous allons devoir faire quelques changements. Laissons nos chauffeurs nous conduire là où nous devons aller. Gardons nos gardes du corps plus proches de nous que d'habitude. On ne peut pas sous-estimer ce qui se passe en ce moment. »

Je n'avais pas d'autre choix que d'être d'accord : « Oui, tu as raison. Nous avons demandé à toute l'équipe de passer au détecteur de mensonges, et aucun d'entre eux n'avait quoi que ce soit à voir avec l'engin explosif qui a été placé dans le club. La personne qui a fait tout ceci a de très bonnes relations. »

« Mais, » ajouta August, « cela peut aussi être une personne complètement incompétente qui n'a aucune idée dans ce dans quoi elle s'embarque. »

Je ne savais pas qui avait raison, mais je savais que je le retrouverais et lui ferais payer d'avoir menacé mon fils.

21

BROOKE

En me réveillant le lendemain matin avec un sourire rêveur sur le visage, je me demandais si j'avais tout imaginé. Mais un gémissement de douleur m'échappa lorsque j'essayai de m'asseoir au bord du lit. « Aie... »

Ce n'était certainement pas un rêve. Tout me faisait mal. Tout mon corps me faisait littéralement mal, à l'intérieur comme de l'extérieur me faisait mal. Je ne savais pas que le sexe mobilisait autant de muscles dans le corps humain. Après hier soir, j'avais dû brûler toutes les calories que j'avais dans mon corps parce que je mourrais de faim.

Lentement, je me levai et boitillai jusqu'à la salle de bain accolée à ma chambre. Une douche chaude me fit rapidement du bien.

Après avoir réveillé Braiden et l'avoir lavé et habillé, je lui donnai la main pour aller prendre le petit-déjeuner. Je me sentais un peu intimidée à l'idée de voir Gannon à table ce matin-là, tout en essayant de faire semblant devant le personnel qu'il n'avait pas complètement changé ma vie la veille au soir.

En arrivant devant la salle du petit-déjeuner, je souris, ne pouvant m'en empêcher de penser que j'allais voir Gannon pour la première fois après notre première fois.

Mais il n'était pas à table. Un coup d'œil vers la cuisine me permit d'apercevoir Consuela et le reste de son personnel en train de cuisiner. « Gannon est descendu ? »

Je n'eus droit en réponse qu'à de nombreux hochements de tête avant que Consuela ne me demande : « Qu'est-ce que Braiden et vous prendrez ce matin, madame ? »

J'eus beaucoup de mal à cacher ma déception.

Soudain, je n'avais plus aussi faim que je pensais. « Des œufs brouillés pour nous deux. Et n'oubliez pas ses fruits frais. » Je mis Braiden dans sa chaise haute et essayai de ne pas montrer à quel point j'étais triste que Gannon ne soit pas là.

Etait il encore dans sa chambre ?

J'aurais dû frapper à sa porte et vérifier. Mais il se levait toujours avant nous. Mais peut-être que les activités de la nuit dernière l'avaient fatigué. Peut-être qu'il était juste épuisé.

Quelle que soient les raisons pour lesquelles il n'était pas à table ce matin-là, j'étais sûre qu'il n'avait pas intentionnellement voulu me faire du mal.

Mais... en étais-je vraiment sûre ?

Était-ce sa façon de me dire qu'il regrettait ce que nous avions fait ? Ou pire encore. Était-ce ce que toutes les autres filles qui étaient tombées amoureuses de lui avaient vécu ?

Maintenant qu'il m'avait eue, se pouvait-il qu'il ne voulût plus de moi ?

Mon Dieu !

Je me rassis et essayai de ne pas montrer que j'étais sur le point d'éclater en sanglot, ce qui était le cas. Mais je décidai d'être courageuse, je ne voulais pas qu'on me voie m'effondrer sans aucune raison apparente.

Mais l'homme que j'aimais, l'homme à qui je m'étais donnée, n'était pas à la table du déjeuner le matin où j'étais sûr qu'il serait, assis à m'attendre.

Mon Dieu, j'avais été si stupide.

Brad m'avait prévenu. Il avait essayé de m'empêcher de faire quelque chose de stupide avec Gannon. Mais j'étais quand même tombée sous le charme de cet homme.

Quelle imbécile !

Sarah posa sur la table une carafe de café frais et une tasse. Une seule stupide tasse !

J'allais lui dire que je ne voulais pas de café. Je n'en buvais que parce que j'avais l'impression de partager quelque chose avec Gannon. Quelque chose que je n'avais fait qu'avec lui : boire du café.

Il n'était pas là, donc je n'en voulais pas. Mais je ne voulais absolument pas me plaindre, je raidis mes épaules et décidai d'ajouter du sucre et de la crème dans la tasse de café chaud et fumant.

Je devais continuer à faire comme si de rien n'était. Personne ne devait savoir ce qui s'était passé entre nous. Et si j'agissais de la sorte, je savais que les gens qui nous regardaient allaient se douter de quelque chose.

Quelques instants plus tard, Sarah apporta les assiettes pour Braiden et moi. « Voilà, pour vous madame. »

Aucun membre du personnel ne m'appelait autrement que madame. Ashe était le seul qui m'appelait Brooke. Tout le monde me voyait différemment.

Était-ce parce qu'ils pouvaient voir à travers moi ?

Était-ce parce qu'ils pensaient secrètement que Gannon et moi avions une relation plus intime ?

Étais-je stupide de penser que les gens qui nous côtoyaient ne voyaient pas comment nous nous regardions l'un l'autre ?

Peut-être que le personnel savait que nous étions tombés amoureux. Peut-être qu'ils ne le diraient à personne. Peut-être pourrions-nous montrer notre relation entre ces murs.

Si nous en avions bien une.

Pourquoi n'est-il pas là ?

Je mis les œufs brouillés de Braiden dans sa bouche, et essayai de ne pas me laisser submerger par toutes ses mauvaises pensées. Gannon devait avoir ses raisons pour m'avoir posé un lapin au petit-déjeuner.

Il devait en avoir une très bonne.

Le cliquetis familier de ses chaussures sur le carrelage me fit presque bondir, je me retournai pour le regarder et je fus rapidement submergée par l'envie de le prendre dans mes bras pour l'embrasser, même si je lui demandais de garder notre relation secrète. Mais il n'était pas seul, je découvrais deux hommes immense qui l'encadraient et cela me fit reculer. Je n'avais pas entendu leurs chaussures claquer contre le sol, seulement celles de Gannon.

Je croisai son regard, et l'expression que j'y lus était terrible, je ne savais pas quoi penser. Est-ce qu'il amenait ses hommes de main pour me faire sortir des lieux ? C'était impossible. Il était peut-être un coureur de jupons, mais il ne pouvait pas être si cruel. N'est-ce pas ?

« Brooke, viens avec moi », aboya Gannon. « Consuela, restez avec Braiden. Ne le perdez pas de vue. »

Elle se précipita vers la table tandis que je restais figée sur place. La main de Gannon m'attrapa le bras sans ménagement, et je le suivis. Un gorille était resté près de Braiden, qui regardait tous ses nouveaux visages confus, sur le point de pleurer, alors que l'autre nous avait suivis.

Mon cœur battait la chamade, et j'étais complètement paniquée. Qu'est-ce qui se passait, bon sang ?

Gannon ouvrit une porte que je n'avais jamais ouverte auparavant, c'était celle de son bureau. Il ferma la porte, laissant le géant de l'autre côté. Ce n'est qu'alors qu'il me prit dans ses bras. Des bras qui tremblaient, comme tout son corps. Mais au moins, il me tenait. Il ne me repoussait pas émotionnellement ou physiquement.

Dieu merci.

« Gannon, qu'est-ce qui ne va pas ? »

« Brooke... » Sa voix s'était déchirée alors que ses bras se serraient autour de moi. « Je... Je suis désolé. »

Je n'avais aucune idée de ce dont il était désolé, mais je me sentais beaucoup mieux maintenant que nous étions de nouveau dans les bras l'un de l'autre. « Gannon, parle-moi. »

Son étreinte me rassurait, il passa les mains le long de mes bras et me prit les mains. Un canapé était posé le long du mur du fond, et il m'y emmena vers lui, en m'asseyant sur ses genoux.

En repoussant mes cheveux en arrière, il se pencha et embrassa ma clavicule. « Brooke, quelqu'un menace de faire du mal à Braiden. »

Le sang quitta mes joues et mon cœur s'arrêta tout d'un coup. « Qui ? »

Il secoua la tête. « On ne sait pas. »

Je me sentais sur le point de m'évanouir. « Comment ? »

Il sortit son téléphone portable pour me montrer quelque chose. Il avait reçu un texto. Quelqu'un lui avait envoyé un message. Quelqu'un voulait qu'il mette fin à ses relations avec le club, et il menaçait la vie de son seul enfant pour s'en assurer.

« Crois-moi, si je pensais qu'en fermant le club, tout ça s'arrêterait, je le ferai sans hésiter. Mais je ne pense pas que ça arrête quoi que ce soit. » Il remit le téléphone dans sa poche et me fit un câlin. « Nous devons trouver cette personne et mettre un terme à tout ça. »

« Comment ? » Je réalisai que je n'arrivais pas à dire plus d'un mot à la fois. Mes pensées se bousculaient dans ma tête, et m'empêchaient de dire une phrase entière.

« Mes associés et moi avons engagé une équipe d'enquêteurs pour trouver celui qui fait ça. Nous sommes sûrs que c'est la même personne ou les mêmes personnes qui étaient derrière l'engin explosif du club. » Ses lèvres effleurèrent mon cou. « Les gardes du corps resteront avec nous jusqu'à ce qu'on trouve qui est derrière tout ça. « Si tu ne nous laisses pas rendre notre relation publique, on ne couchera plus ensemble, on ne fera plus l'amour. »

22

GANNON

« Non », dit-elle sans sourciller.

« Brooke, tu n'es pas sérieuse. Bébé, j'ai besoin de toi plus que jamais. Tu ne sais pas à quel point. » Je pris sa nuque entre mes mains, et je la serrai contre moi en embrassant ses douces lèvres. Des lèvres qui tremblaient sous les miennes. Elle m'embrassa en retour, et je sentis quelque chose de mouillé sur ma joue.

Elle pleurait.

En reculant, je découvris le torrent de larmes qui coulait sur ses joues roses. « Gannon, ma famille ne doit pas savoir pour nous. Ce n'est pas possible. C'est pour ton bien. »

« Je ne suis pas un gamin, Brooke. Je peux m'occuper de ton frère. » Je posai mon front contre le sien. « As-tu la moindre idée de ce que j'ai ressenti quand j'ai vu ce putain de texto ce matin ? » Elle secoua la tête et s'essuya les yeux avec le dos de la main. « Je ne pensais qu'au fait que j'avais enfin trouvé l'amour. L'amour d'un fils et l'amour d'une femme. J'avais une famille. J'étais tellement seul depuis la mort de mes parents. Mais plus maintenant, je t'en prie, ne me fais pas attendre plus longtemps, Brooke. S'il te plaît. »

Pour la première fois de ma vie, je daignais ouvrir mon cœur et le mettre à nu devant quelqu'un.

« Tu ne comprends pas, Gannon. »

Je ne pouvais pas croire ce que j'entendais. Je la tirai à moi pour l'embrasser encore. Je voulais qu'elle ressente ce que nous étions l'un pour l'autre. C'était nouveau, mais c'était fort. Et c'était réel. Pourquoi ne pouvait-elle pas oublier ses soucis et me laisser m'occuper de son frère ? Je pourrais le gérer. Je savais que je le pouvais.

Le baiser la fit fondre contre moi, caressant mes cheveux d'une main et passant son autre main le long de mon épaule.

Laissant le baiser se terminer, je posai mon front contre le sien. « J'ai une réunion avec Brad plus tard dans la journée. Laisse-moi juste tâter le terrain, Brooke. Tu verras, je peux lui montrer que tu m'as changé. Je ne suis plus l'homme que j'étais avant que tu viennes vivre avec nous. Et je suis complètement et désespérément dévoué à toi, tout comme je suis dévoué à Braiden. » Nos lèvres se rencontrèrent une fois de plus, puis je l'entendis soupirer.

« Promets-moi de ne rien dire. » Elle leva les yeux pour me regarder, prenant mon visage entre ses paumes. « Tu devras y aller doucement pour t'assurer qu'il prend les choses bien. Sinon, il te frappera et viendra me chercher. Je connais mon frère. Il est incroyablement protecteur quand il s'agit de moi. Toute ma famille l'est, Gannon. »

Elle me raconta ensuite certaines choses incroyables que sa famille avait faites pour elle et je dus admettre que certaines étaient vraiment disproportionnées. Mais j'étais sûr qu'ils verraient tous l'amour que j'avais pour leur précieuse petite fille. Parce qu'elle l'était pour moi aussi.

C'était mon âme sœur. Mon ange. Je la protégerais de la même façon qu'eux.

Avec sa bénédiction, je les laissais, elle et mon fils, sous l'œil attentif de Samson, et je pris la route avec le chauffeur et le garde du corps que Samson avait appelé pour moi. Josh était aussi un vétéran pour qui Samson avait beaucoup de respect. En me rendant au bureau pour la réunion pour laquelle j'avais une heure de retard, je me sentais nerveux d'avoir à laisser derrière moi les deux personnes que j'aimais le plus.

La réunion avait duré environ une heure, à la sortie, je demandais à Brad de venir dans mon bureau. Il n'avait pas remarqué mon garde du corps jusqu'à ce que nous arrivions à mon bureau et Josh était soudainement là, debout près de la porte.

Brad lui fit un signe de tête en me demandant : « Il reste très près de toi, Gannon. Qu'est-ce qui se passe ? »

« Entre, je vais t'expliquer. » J'ouvris la porte pour nous deux. Je voulais l'éclairer sur certaines choses, en fait, et j'avais espoir qu'il prendrait bien tout ce que je voulais lui dire.

Les histoires de Brooke étaient un peu effrayantes, mais tous ces autres hommes ne signifiaient rien pour sa famille. J'étais le meilleur ami de Brad. Il ne pourrait pas être en colère contre moi.

Brad s'installa directement sur le canapé. Je décidai de le suivre, cela faciliterait peut-être les choses. Je pris donc la chaise qui était en face de lui. « Hé, tu veux un verre ? »

Il secoua la tête en se penchant pour poser ses coudes sur ses genoux et se serra les mains. « Je veux savoir pourquoi ton garde du corps est si présent. C'est ce que je veux savoir. Et je veux savoir si ma sœur est en sécurité. »

« Elle est en sécurité. Mon garde du corps personnel veille sur elle et mon fils. Ne t'inquiète pas. » Je reculai légèrement, prenant une position plus détendue. Je ne voulais pas qu'il s'énerve.

« Qu'est-ce qu'il y a ? » demanda-t-il, toujours un peu tendu.

Je décidai de lui montrer le texto, alors je sortais mon téléphone de ma poche, je lui expliquai succinctement la situation, « Il y a eu un incident dans la boîte de nuit que nous sommes en train de construire. C'est pourquoi j'ai renforcé la sécurité autour de mon fils, de moi, et de Brooke, évidemment. »

Il prit le téléphone que je lui tendais et lut le texte. Ses yeux devinrent brusquement rouges, et des flammes se mirent à en jaillir quand il leva les yeux sur moi. « C'est quoi ce bordel, Gannon ? Je veux qu'elle sorte de là tout de suite ! »

« Brad, elle va bien. Samson est le meilleur. Ils sont en sécurité. Je ne laisserais jamais personne leur faire du mal. Brooke est importante pour moi. Autant que Braiden, bien sûr, je ferais n'importe quoi pour les protéger. »

Il me jeta mon téléphone portable avant de se lever, me dominant de toute sa taille. « Brooke est importante pour toi ? » Sa voix était un rugissement.

« Du calme, mec », dis-je en me levant aussi. Je n'allais pas le laisser prendre le dessus.

« Tu veux que je me calme ? » cette phrase avait claqué, sèche comme un coup de fouet dans le silence feutré du bureau.

Josh ouvrit la porte et me regarda en silence, il me demandait si j'avais besoin de son aide. Je lui fis signe de partir sans dire un mot, et il referma la porte. « Brad, tu exagères. »

« Tu penses que je réagis de façon excessive ? Tu ne sais même pas de quoi tu parles. Il y a quelque chose qui cloche. Tu sais que ta maison n'est pas sûre et que tu devrais renvoyer Brooke chez elle, mais tu la mets en danger. Cela ne veut dire qu'une seule chose, tu bandes pour ma petite sœur. »

Je manquais de m'étrangler. Non pas parce qu'il mettait le doigt sur la réalité, mais parce qu'il parlait comme si j'étais un pervers. « Brad, tu t'entends ? Je la garde où elle est parce qu'elle est beaucoup plus en sécurité là-bas. En plus, j'ai toujours besoin d'aide avec mon enfant. Celui qui m'a fait ces menaces sait que nous sommes ensemble. Si je l'envoie quelque part, elle sera en danger, et sans protection. Tu ne le vois pas ? »

Il n'avait entendu qu'une partie de ce que j'avais dit. « Vous êtes ensemble ? Elle, avec toi ? »

Putain, j'avais vraiment dit ces mots là ?

« Oui, nous vivons ensemble avec Braiden, sous le même toit, dis-je en essayant de réparer mon erreur. Elle travaille pour moi. Pour mon fils. Tu vois ce que je veux dire. » Ses yeux jetaient des flammes, et il était effrayant. Brook n'avait pas eu tort du tout. Son frère pouvait se transformer en un fou furieux quand il s'agissait d'elle.

« Tu as peut-être raison sur le fait qu'elle est plus en sécurité sous ta protection. Mais ça sent mauvais, Gannon Forester. Ça sent le milliardaire qui veut se taper ma petite sœur. Et je t'avais déjà mis en garde de ce qui pourrait arriver, si tu osais la toucher. » Il fit claquer son poing dans la paume de sa main.

Je dus admettre qu'il était intimidant. Mais j'essayai quand même de me donner une contenance. « Mec, je ne toucherai pas un seul cheveu de ta sœur. » Cette partie était vraie, je n'avais pas besoin de mentir. « Je tiens à Brooke. Je tiens vraiment à elle. »

Il me jeta un regard scrutateur. « Vraiment ? Tu tiens à elle en tant qu'employée, ou tu tiens à elle en tant qu'autre chose ? »

C'est maintenant que j'allais mentir. « Une employée. Mais aussi en tant qu'ami. Je l'aime vraiment beaucoup. Elle est si pure. Si authentique. Tu sais ? »

« Et elle est innocente, Gannon. Elle n'est pas comme les femmes avec qui tu baises. Elle n'a rien à voir avec elles. Et je ne te laisserais jamais faire d'elle l'une de tes nombreuses maîtresses. » Il fit trois longues enjambées jusqu'au minifrigo et en sortit une bière. Je le regardais avec une indignation stupéfaite ouvrir la bouteille brune et la descendre, en une seule fois, il vida la bouteille totalement de son contenu.

Il devait se calmer, putain.

« Je ne peux pas croire que tu penses que j'ai blessé quelqu'un qui compte tant pour toi, Brad. C'est un peu merdique de ta part de penser si peu à moi. » OK, peut-être que je baisais vraiment sa sœur ? Et alors, je l'aimais, bon sang !

Il jeta la bouteille vide dans la poubelle et passa devant moi avec de grandes enjambées. « Je vais aller la voir, et lui poser des questions sur toi. Tu viens ? »

Oh, merde !

« Oui, j'arrive, Brad. Tu verras, elle n'aura rien d'autre à dire que du bien sur moi. Tout ça, c'est n'importe quoi. Tu verras. » J'espérais que Brooke réussirait à mentir à son grand frère.

23

BROOKE

Braiden entendit le cliquetis familier des chaussures de Gannon, et il courut à toute vitesse pour retrouver son papa. J'étais juste derrière lui, je courais aussi. Puis je ralentis en entendant une autre paire de chaussures qui semblaient familier. Quelqu'un était avec lui.

Je restai derrière Braiden, à quelques mètres derrière lui. "Le voilà qui arrive", j'entendis Gannon dire. "Voilà mon petit homme. Salut, fiston." Je l'imaginais tenant Braiden dans ses bras, le rassurant après tout le chaos de la journée. Le pauvre enfant avait déjà traversé tant d'épreuves. J'espérais seulement que tous ces évènements ne le retarderaient pas après qu'il ait fait tant de progrès. Nous commencions même à nous éloigner des couches-culottes pour passer aux sous-vêtements de grand garçon.

En arrivant dans l'entrée, je vis que mon frère était avec Gannon. Et il avait ce regard qui me disait qu'il cherchait des informations. Brad s'approcha de moi et Gannon secoua la tête, et je compris qu'il n'avait rien dit sur nous.

Je sentis une vague de panique m'emporter. Je n'avais jamais menti à mon frère avant. Il semblait qu'il y avait en effet une première fois pour tout. "Salut, Brad. C'est bon de te voir."

"Toi aussi, petite sœur." Il s'approcha de moi pour me faire un câlin. "Il faut qu'on parle", chuchota-t-il.

« D'accord. » J'étais sur les nerfs en croisant le regard de Gannon

« J'ai parlé à Brad de ce qui se passe ici, des menaces sur Braiden. Il s'inquiétait pour toi », dit Gannon en souriant. « Je lui ai dit que j'avais un garde du corps qui veillait sur vous deux et que vous étiez tout aussi importants pour moi... »

Brad intervint. « Je dois lui parler seul à seul, Gannon. » Il me tira derrière lui. « Emmène-moi dans ta chambre, petite sœur. Je veux voir où tu dors. »

Il se doutait de quelque chose. Je le savais. Il ne me demanderait pas de faire une chose pareille si ce n'était pas le cas. Et le fait que Gannon ne lui avait pas parlé de nous me disait qu'il avait essayé, et que la réaction de mon frère avait été désastreuse.

Seigneur, il fallait absolument que je réussisse à mentir à mon frère !

En le conduisant dans ma chambre, je n'étais pas sûre de la façon dont j'allais gérer les choses. Je décidai donc d'attendre de voir sous quel angle il allait poser ses questions. « J'espère que tu n'as pas peur que je reste là à cause de cette histoire. Je me sens en sécurité avec Samson dans les parages. C'est drôle, je n'avais jamais réalisé que Gannon avait un garde du corps avant aujourd'hui. Il reste à l'écart si efficacement que je ne savais même pas qu'il était là. »

« Avec un client comme Gannon, un garde doit apprendre à être invisible. Gannon ne pourrait pas se taper toutes les nanas qu'il a eues si elles savaient que quelqu'un était là, à regarder. » Brad s'arrêta juste devant ma porte, regardant la porte de la chambre de Gannon.

J'avais l'estomac noué en pensant à Gannon en train d'emballer des nanas, comme mon frère en parlait. « Euh, c'est ici. » J'ouvris ma porte, et il entra à reculons, regardant la porte de Gannon tout le temps.

« Je pensais que son fils serait dans celle-là. Je croyais que la tienne était l'autre. « Il se retourna et vit la porte sur le côté de la pièce. « Celle-là mène à la chambre du gamin ? »

« Oui, » dis-je en marchant et en m'asseyant sur mon lit. Je montrai du doigt la chaise dans le coin. « Tu peux t'asseoir là-bas si tu veux. »

Au lieu de s'asseoir, il se mit à errer dans ma chambre, regardant partout. « Alors, comment te traite-t-il ? »

« Très bien. Il est très gentil avec moi. » Je grimaçai quand il prit une écharpe que j'avais accrochée à mon miroir.

Gannon et moi avions emmené Braiden faire une promenade dans son domaine. J'avais chaud avec l'écharpe autour du cou et je l'avais enlevée. Gannon joueur, me l'avait prise et l'avait enroulé autour de son cou. Ça sentait son odeur, et je l'avais gardé là pour pouvoir la sentir de temps en temps.

Je grinçai intérieurement des dents quand Brad la renifla à plein nez. « Ça sent l'eau de Cologne. Pourquoi ça ? » Il me regardait dans les yeux en s'approchant de moi. Debout au-dessus de moi, il demanda. « Tu sais que tu peux tout me dire, n'est-ce pas ? »

« Bien sûr que oui. » Je lui souris et battis des cils. « Tu es mon grand frère. »

« Tu me le dirais si Gannon te faisait des choses, n'est-ce pas ? Je veux dire n'importe quoi. Est-ce qu'il t'a touché ? » La façon dont il me regardait me confirma qu'il sortirait de la pièce et irait botter le cul de Gannon si je disais un mot pour le provoquer.

« Pas du tout ! Il n'est pas comme ça. Il n'est pas comme tu l'as dit avec les filles. Avec moi, il ne l'est pas, de toute façon. Il est toujours respectable. Tu n'as pas à t'inquiéter de quoi que ce soit. Je te le jure. Gannon est si gentil avec moi, mais il ne m'aime pas. » J'essayais d'avoir l'air sérieux même comme mes mensonges me faisaient mal à l'intérieur.

Il essaiera. » Brad posa ses mains sur mes épaules. « Si tu lui donnes la moindre chance, il la saisira. Donc tu ne peux pas lui faire confiance. Tu dois rester sur tes gardes. Ne le laisse jamais t'approcher. Si tu le fais, il te fera ce qu'il a fait à d'innombrables autres filles qui ne se sont pas méfiées. »

Il recommençait, il faisait de nouveau référence aux conquêtes de Gannon, et cela me tordait l'estomac. Je haussai les épaules comme si je m'en fichais. Mais c'était une façade, je ne m'en fichais pas. « Pourquoi ferais-je une chose pareille ? Il est vieux. » Je ris et secouai la tête. « Beurk, Brad. »

Il rit aussi. Puis il m'attrapa la main. « C'est ce que j'avais besoin d'entendre. Viens, allons dîner. » Je pensais l'avoir dupé. Je détestais le fait d'avoir si bien menti. Mais j'étais contente qu'il me croie, et Gannon était en sécurité. Pour l'instant, en tout cas. Au moins Gannon a vu de quoi je parlais. Brad avait dû lui montrer l'ours qu'il pouvait devenir.

Je retrouvai Gannon et Braiden dans la salle de jeux, je souris à Gannon en allant chercher Braiden. « Brad reste dîner. » « Génial, » dit Gannon en se levant entre nous et en se dirigeant vers la salle à manger. Ils restèrent derrière Braiden et moi et j'entendis Gannon dire : « Tu vois, je te l'avais dit. Je ne ferais jamais rien pour blesser ta sœur. Je me soucie beaucoup trop de toi et d'elle. "Ouais, hé bien, garde cela à l'esprit, et nous resterons amis pour la vie." Répondit Brad. Dans un sentiment de malaise à l'idée de ne jamais pouvoir dire la vérité à ma famille, nous prîmes place à table pour manger. Avec Braiden dans sa chaise haute à côté de moi, Brad observait comment j'interagissais avec le garçon.

"Tu as faim, Braiden ?" Lui demandais-je. Je parlais tout le temps à Braiden comme s'il pouvait tout comprendre. Il ne répondait pas, mais il hochait vigoureusement la tête, et j'étais tellement heureuse de sa réponse que je l'embrassai tendrement sur la joue. "Oui ! Tu hoches la tête." Brad rit en regardant le sourire sur le visage de Braiden. Le garçon était si fier de lui, probablement aussi fier que je l'étais de lui. "Ce gamin t'aime, sœurette." Et je l'aime. » Dis-je en chatouillant le menton du petit garçon. « N'est-ce pas, mon chou ? Brooke aime son petit homme. »

Il gloussait comme un fou, et je surpris un regard d'adoration de Gannon sur moi ce que Brad ne devait pas voir. Je me redressai et arrêtai ce que je faisais.

« Elle est géniale avec lui, Brad. C'est comme si elle et lui étaient fait du même bois. » Gannon se pencha et posa la main sur la tête de Braiden. « Il a de la chance de l'avoir. Je ne te remercierai jamais assez de nous l'avoir prêtée. Mais je ne pense pas que mon petit garçon ne te laissera jamais la récupérer. « Brad hocha la tête. « Il la regarde comme si c'était son ange, n'est-ce pas ? » Je rougis, un peu honteuse d'être le centre de l'attention, une chose qui me mettait très mal à l'aise. « Arrête, Brad. »

« Mais c'est vrai, Brooke. C'est ce qu'il fait. Et tu le regardes comme s'il était tout ton monde. » Il soupira et étendit sa main sur la table pour me caresser le bras. « Un jour, tu feras une mère formidable. »

« Tu penses ? » Lui demandai-je.

« J'en suis sûr. » Il enleva sa main de la mienne et me fit un clin d'œil. « Mais ce sera dans un futur lointain. Avec un type que tu rencontreras plus tard dans la vie. "Quand tu en auras fini avec tes études universitaires et que ta carrière sera bien avancée, tu rencontreras un type de ton âge." Il regarda délibérément Gannon, puis me regarda, sous les yeux de Gannon.

"Tu la fais rougir, Brad. Arrête." Gannon me tendit la main et me tapota le dessus de la main de la même manière que Brad, en essayant de donner l'impression qu'il me traitait comme un frère.

C'était difficile de regarder Gannon, mais je savais que j'allais trahir mon secret en regardant l'homme qui venait de me posséder la veille au soir. Tout ce que je voulais, c'était sauter sur ses genoux et continuer là où nous en étions avant qu'il ne parte pour sa réunion.

Et je voulais être honnête avec ma famille aussi concernant mes sentiments pour Gannon. Mais pour l'instant, je voulais vraiment que Braiden soit en sécurité. La menace sous laquelle il était me faisait mal au ventre.

Quel genre de monstre menacerait de tuer un enfant innocent pour une boîte de nuit ?

24

GANNON

Je devais admettre que je ne connaissais pas mon meilleur ami aussi bien que je le croyais. Brad n'était pas Brad quand il s'agissait de Brooke. Il se transformait en Hulk à cause de cette fille. Et je savais que nous allions avoir du pain sur la planche pour faire accepter notre relation à sa famille. Brooke avait raison, nous devions garder les choses secrètes pour le moment. Jusqu'à ce que je sache comment rallier sa famille à notre cause.

Nous étions tous les deux assis de part et d'autre de Braiden pendant que je lui lisais un livre et que je le regardais s'endormir. En fermant le livre, je regardai Brooke, qui regardait mon fils. "La façon dont tu le regardes me fait t'aimer encore plus, bébé."

Ses cils battirent alors que le rose tachait ses joues. "J'adore les enfants, mais j'aime vraiment ce petit garçon. Son cœur est dans la paume de sa petite main. Ça me fait tellement mal qu'on le menace."

En me levant, j'allais remettre le livre dans la bibliothèque avec le reste des livres pour enfants que Brooke avait achetés. Elle se leva pour se tenir à mes côtés, et je vis ses seins se soulever dans un profond soupir. Je savais qu'il y avait tant de choses qui pesaient dans son esprit. Et tout ce que je voulais, c'était lui donner un peu de temps, un moment où rien n'aurait d'importance, sauf elle et moi.

Prenant sa main, je la conduisis dans sa chambre qui communiquait avec celle de Braiden. "Nous avons deux gardes du corps très compétents qui veillent sur nous."

Elle s'arrêta et me regarda tandis que je fermai la porte de la chambre de mon fils derrière nous. "Tu crois que Josh devrait venir ici aussi ?"

Je ris de sa naïveté. En l'attirant dans mes bras, des bras qui se languissaient d'elle depuis trop longtemps, je lui souris. "Tu crois qu'il s'en soucie, bébé ?"

"Non, mais..." Je l'embrassai pour la faire taire. Elle était jeune, elle était encore innocente et n'avait aucune idée de ce dont se souciaient les personnes âgées.

Sa bouche était douce sous la mienne. Elle entrouvrit les lèvres pour me laisser entrer et je ne me retins pas. En la soulevant, je la portais jusqu'au lit, où je laissais enfin aller sa bouche. J'effleurai délicatement la dentelle du col de son chemisier. "Tu es magnifique aujourd'hui. Je sais que je n'ai pas eu l'occasion de te le dire, cette petite chemise et cette jupe bleu pâle te vont à merveille."

Elle me fit un sourire ironique. "Mais tu aimerais bien me les arracher, n'est-ce pas ?"

"Tu lis dans mes pensées, bébé ?" Je plaçai les deux mains de chaque côté de la chemise en mousseline de soie, en la lui arrachant. De petits boutons en éclatèrent et je ris devant son regard surpris.

Je retirai son soutien-gorge rose vers le haut et je pris un de ces seins dans ma main, puis je me penchai et aspirai son mamelon dans ma bouche, le suçant légèrement. Elle gémit faiblement, et je me sentis fondre.

Ses mains s'emmêlaient dans mes cheveux et elle se pencha vers moi, elle voulut que je prenne plus d'elle dans ma bouche. Je posai ma main sur l'autre sein, toujours couvert de la soie rose de son soutien-gorge. C'était doux et lisse, et je la massai à travers le tissu et je continuai à la sucer jusqu'à ce qu'elle me supplie : "Mon Dieu, Gannon, s'il te plaît !"

J'arrêtai ce que je faisais pour m'occuper d'une autre partie d'elle, la laissant dans cet état, un mamelon sortant de son soutien-gorge. Son visage était rose de désir, elle voulait plus.

En soulevant sa jupe, je montai sur le lit. Elle me regardait, ses yeux rivés aux miens alors que je disparus sous sa jupe. J'arrachai d'un coup sa culotte dont les coutures cédèrent, laissant sa chatte nue pour mes yeux. Elle sursauta dans un gémissement, rapidement suivi d'un autre, plus grave alors que j'embrassai sa douce perle puis je léchai son clitoris enflé de désir.

Elle essaya de fermer les genoux et je dus les tenir écartés pendant que je la léchais encore et encore, l'embrassant de temps en temps entre chaque assaut de ma langue. Quand elle commença à frissonner, je sus qu'elle était sur le point de jouir et j'insérai un doigt en elle, pour pouvoir la sentir proche de moi.

La chaleur l'inonda, alors jouissait, arquant son corps et marmonnant des mots incohérents, frappants du poing le matelas. J'étais heureux de l'entendre gémir et jouir. Mais j'avais besoin de la prendre.

En m'éloignant de son doux monticule, je me levai et je retirai le reste de ses vêtements, la laissant nue sur le lit. Son corps était tout rose, presque rouge après l'orgasme, et complètement magnifique. Ses lèvres pulpeuses s'ouvrirent. "Gannon, tu peux m'apprendre à te faire plaisir de la même façon ?"

Ma bite, qui était déjà très dure dans mon pantalon, menaçait d'exploser. L'idée d'avoir ses lèvres posées sur ma bite me rendait fou. "Tu es sûr d'être prête pour ça, bébé ?"

Elle se lécha les lèvres et hocha la tête, puis s'assit. Assise sur le côté du lit, elle déboutonna lentement mon pantalon. Mes sous-vêtements noirs serrés recouvraient la bosse dure et tendue, et elle se mordit la lèvre en les tirant vers le bas.

Ma bite jaillit d'excitation, impatiente de sentir sa bouche. Elle caressa doucement mon sexe à travers le tissu léger de mes sous-vêtements et elle leva les yeux vers moi. "D'accord. Dis-moi ce que je dois faire, s'il te plaît."

Mon estomac se serra. Je n'avais jamais appris à sucer des bites. C'était une première pour moi. Et l'idée d'enseigner cela à la femme qui était la dernière femme avec qui j'aurais des rapports sexuels à l'avenir me rendait vraiment très heureux.

Je posai ma main sur sa tête. "D'abord, n'oublie pas de faire attention à tes dents. Tu ne peux les effleurer que très, très doucement. Mais je préférerais que tu apprennes à mieux te servir de ma bite avant d'essayer ça. Cet organe est extrêmement sensible, comme tu peux l'imaginer."

Elle hocha la tête puis regarda à nouveau ma bite qui continuait de se raidir. "Tu dois la traiter comme si elle était fragile. Elle est très sensible."

"Enfin, pas fragile." Je détestais penser que quoi que ce soit était fragile chez moi. "C'est juste très sensible. Embrasse-la, bébé. Ne sois pas timide. Apprends à la connaître."

Elle me sourit puis posa ses lèvres sur le bout, l'embrassant d'un doux baiser. Je savais que ses lèvres seraient comme du satin. Elle déposa de nombreux baisers doux sur tout le gland, puis de haut en bas, laissant ses doigts caresser mes boules gonflées.

Puis je sentis sa bouche s'ouvrir, la chaleur envelopper ma bite. L'humidité de sa bouche, le toucher de sa langue qui glissait sous ma bite, me donna des frissons.

"Oh, merde !" Je posai mes mains sur ses épaules pour me stabiliser. "Merde, bébé !"

Je ne m'étais jamais senti aussi bien. Jamais de la vie. Ce qu'elle me faisait était bien au-delà de ce que je n'avais jamais ressenti.

Mes doigts s'enfonçaient dans ses épaules, mais je voulais arrêter de faire cela parce que j'étais sûr qu'ils risquaient de lui laisser des bleus. Je déplaçai mes mains vers l'arrière de sa tête, enfilant ses mèches blondes soyeuses entre mes doigts pendant qu'elle bougeait sa bouche au-dessus de moi, me donnant l'impression que je flottais dans l'air.

"Putain, bébé... C'est tellement bon..." un gémissement mit fin à mes paroles quand je la sentis jouer avec couilles.

J'étais dans un état d'euphorie que je n'avais jamais connu auparavant, et je ne voulais pas que ça s'arrête. Mais je pouvais sentir que je n'étais pas loin de la jouissance. Ma bite tressauta vigoureusement une fois et Brooke fit un petit son d'étouffement. Elle avait été un peu surprise par le mouvement soudain.

"Lâche-moi, bébé." Je voulais me retirer d'elle, je ne voulais pas jouir dans sa gorge, même si elle avait dit qu'elle le voulait au début.

Mais elle resserra ses lèvres autour de mon sexe et accéléra le mouvement de sa langue, suçant lentement et fort jusqu'à ce que je frissonne et explose, à peine capable de contenir un cri qui aurait pu être entendu jusqu'à l'autre bout de la maison.

Sa langue dansait autour de ma bite, elle retira doucement sa bouche, léchant ce qui restait de mon sperme sur ses lèvres. "Est-ce que c'était bien ?"

"Bien ?" Je secouai la tête en retirant ma chemise et je me débarrassai de mes chaussures et de mes chaussettes avant de monter sur elle. L'expression choquée qu'elle afficha me fit éclater de rire. "C'était mieux que bien, bien ne suffit pas. C'était incroyable" je posai mon corps entre ses jambes écartées, reposant ma bite qui se remettait rapidement contre sa chatte chaude. "Maintenant, dis-moi la vérité. Pas de mensonges entre nous. Est-ce que tu as étudié des techniques pour tailler parfaitement la pipe ?"

Elle rougit et sourit en battant des cils. "Peut-être. Ça se voit tant que ça ?"

"Bébé, étudie autant que tu veux." Ma bouche se posa sur la sienne, et mon cœur faillit exploser dans ma poitrine comme un tambour.

J'avais la meilleure femme qu'un homme puisse rêver d'avoir. Et je n'avais aucune intention de la laisser partir. Je voudrais bien savoir comment faire pour que son frère et le reste de sa famille acceptent notre amour

25

BROOKE

Alors qu'il se frottait sur moi, son sexe légèrement moins raide après être passé dans ma bouche, il me regardait dans les yeux et brossait mes cheveux en arrière. Ses lèvres s'approchèrent des miennes et il m'embrassa. Le mélange de nos fluides respectifs créait un goût unique, qui nous appartenait.

Je n'avais jamais connu un tel amour. C'était bien mieux que ce que j'avais imaginé. Gannon était un miracle à mes yeux.

Alors que nous approfondissions notre baiser qui devenait plus passionné, mon corps aspirait plus. Son sexe battait contre mon sexe humide, de nouveau prêt à me pénétrer avec fougue et vigueur. Je relevai mes genoux, le voulant au fond de moi. J'avais encore mal après la nuit dernière. Mais une fois qu'il fut à l'intérieur, profondément empalé en moi, la douleur disparut et je ne ressentis que délice et plaisir.

Toute la journée, j'avais eu envie de sentir à nouveau son corps sur le mien. Ce poids qui éveillait en moi des sentiments que je n'avais encore jamais connus.

Il bougeait en moi avec douceur, mais détermination, et plus il poussait à l'intérieur, plus j'avais envie de le sentir plus fort et plus vite. Je passai le talon derrière sa jambe et tendis mon bras au-dessus de ma tête.

Il entrelaça ses doigts dans ma main qui était tendue au-dessus de ma tête et l'appuya sur l'oreiller. Sa bouche m'embrassa dans un baiser affamé puis il releva la tête et me regarda. « Mon Dieu, Brooke. Je n'arrive pas à croire ce que je ressens pour toi. »

Mon cœur se remplit d'amour presque au point d'éclater tandis qu'il me dévorait de ses magnifiques yeux. Je n'aurais jamais imaginé que quelqu'un me regarderait avec autant d'amour.

« Je ne pouvais pas croire que ce soit possible. » Mon aveu ne fit que rendre son expression encore plus affectueuse.

« Moi non plus. »

Est-ce qu'il disait la vérité ? Comment un homme qui avait été avec tant de femmes pouvait-il dire cela sans mentir ?

« Gannon. Mon frère a mentionné à plusieurs reprises aujourd'hui que tu as eu une multitude de relations sexuelles avec beaucoup de femmes. Si c'est le cas, et je sais que c'est... » Je devais rajouter cette partie. Après tout, il avait couché avec de nombreuses femmes : « Comment coucher avec moi peut-il être différent de ce que tu as ressenti avec elles ? »

Un lent sourire se dessina sur ses lèvres ciselées. « Je suppose que c'est parce que je suis totalement amoureux de toi à cent dix pour cent. »

Encore une fois, même s'il me l'avait déjà dit, mon cœur chavira de nouveau.

Avant que je puisse prononcer un mot, sa bouche reprit la mienne et il bougea un peu plus lentement à l'intérieur de moi.

Je m'arquai vers lui, parce que je le désirai d'avantage. J'avais presque honte d'être aussi insatiable. Je lui griffai le dos avec mes ongles et il gémit, le son de son gémissement fit vibrer mes lèvres. Il se recula pour enfoncer sa queue à l'intérieur de moi avec des fortes poussées.

Je le regardai droit dans les yeux et lui demandai ce qui me brûlait les lèvres depuis un moment. « Gannon, baise-moi s'il te plaît. Montre-moi à quoi ça ressemble. »

Ses yeux se mirent à briller d'une fièvre sombre et chaude. « Tu veux que je te baise ? »

« S'il te plaît. » Je savais que le supplier ainsi me ferait passer pour une salope. Mais il venait de me dire à quel point il m'aimait. Je pouvais le voir et le sentir. Je le savais. « Prends-moi comme tu prendrais quelqu'un d'autre. »

Il se mit à rire. « Je ne peux pas te prendre comme qui que ce soit d'autre. Je t'aime. Je n'ai jamais aimé aucune des femmes avec qui je couchais avant toi. Tu es vraiment mon premier amour, Brooke. Il m'embrassa. « Mais je peux te montrer plus. Si tu te sens prête pour plus. »

J'étais tellement prête !

« Oui s'il te plaît. » Je me mordis la lèvre inférieure. « Devrions-nous trouver un mot de sécurité ? »

Il leva les yeux au ciel. « Ce n'est pas ce genre de plaisir, bébé. Pas encore en tout cas. »

Il se retira de moi, et je me sentis immédiatement vide.

Il me prit par la taille puis me retourna sur le ventre. Ses mouvements avaient été si rapides qu'il me coupa le souffle. Puis ces mêmes mains qui avaient caressé mon corps avec tant de tendresse prirent ma taille à nouveau, me ramenant brusquement en arrière jusqu'à ce que je sente sa queue dans ma chatte, il me prit sans ménagement allant encore plus profondément à l'intérieur, étirant de nouvelles parties de moi. La brûlure qui déchira le tissu vierge me fit hurler. « Dans l'oreiller, bébé, » grogna-t-il à mon oreille en me mordant le cou. « Crie autant que tu veux. Mais fais-le dans l'oreiller. Nous ne devons pas réveiller Braiden n'est-ce pas ?

Sa queue allait et venait en moi, sans merci, alors qu'il s'agrippait à mes hanches, me tenant immobile alors qu'il battait mes fesses. Je pouvais sentir ses couilles cogner contre mon clitoris. Chaque coup de hanches était meilleur que le précédent.

J'avais le visage enfoui dans l'oreiller, faisant des bruits donc j'ignorais que je pouvais faire. Un hurlement aigu, un minuscule gémissement et quelques sons gutturaux traduisaient mon plaisir tout simplement primaire.

L'orgasme s'empara de moi en quelque instant, et m'emporta dans un tourbillon, qui refusait de s'arrêter. Je continuai à gémir sous ses assauts répétés. Cet orgasme ne m'avait toujours pas quitté quand je fus prise de plein fouet par un autre, plus puissant, plus profond, incroyablement chargé en sensations. J'éclatai en sanglots dans l'oreiller. De vraies larmes. Je ne savais pas pourquoi je pleurais. Je n'avais pourtant pas mal.

Mais chaque partie de moi était en feu. Je pouvais le sentir dans chaque partie de mon corps. Mes doigts, le bout de mon nez, mes coudes, pour l'amour de Dieu !

Il était tout autour de moi alors qu'il me faisait jouir encore et encore jusqu'à ce que je ne sois plus qu'une montagne de sensation. Chacune de mes terminaisons nerveuses était remplie d'extase. Je n'aurais jamais rien imaginé de tel, vraiment, jamais. Je ne savais pas que le sexe pouvait être aussi bon. C'était incroyable. Toute cette émotion.

Je pouvais sentir sa queue à l'intérieur de moi et je savais que lui aussi s'approchait de l'extase. D'une certaine manière — je ne sais pas comment — il était devenu encore plus dur. Il redoubla de vitesse, et sans prévenir, il explosa !

Le son d'agonie et de plaisir mélangés qu'il finit par émettre souleva mon cœur de bonheur et de gratitude. C'était le meilleur son que j'ai jamais entendu.

Et c'est moi qui lui avais fait faire ce son délicieusement déchirant.

J'étais rassasiée et fière à la fois.

Je frissonnai à cette pensée. Il se laissa tomber sur le lit à côté de moi, essoufflé, et j'allongeai mon corps sur le sien, haletante de satisfaction.

« Je t'aime, Gannon Forester. » J'embrassai son torse.

Une main lourde tomba sur ma tête puis passa dans mes cheveux, les tirant au fur et à mesure. « Et je t'aime, Brooke. »

Nous étions éperdument amoureux l'un de l'autre. Et personne ne devait le savoir.

26

GANNON

Bien que j'ai été complètement anéanti par l'orgasme le plus intense que j'ai jamais eu, je réussis à embrasser Brooke une fois de plus avant de m'installer pour m'endormir.

Une pensée me trottait dans la tête alors que j'attendais le sommeil et que j'écoutais les sons que faisait Brooke qui dormait sur mon torse. Comment allais-je pouvoir faire comprendre à sa famille que je l'aimais de tout mon cœur ?

Pan !

Pan, pan !

Mes yeux s'ouvrirent tandis que Brooke s'écria : « Qu'est-ce que c'était que ça ? »

Un autre bang, un autre sifflement aigu et je reconnut le bruit que j'entendais.

« Putain ! » Je l'attirai à moi nous faisant tous deux tomber sur le sol, la couverture et le drap venant avec nous, mon dos heurtant le sol.

La tenant fermement, je la posai sur son ventre alors qu'elle dit la mâchoire serrée : « Ce sont des balles, n'est-ce pas ? »

« Je crois bien. » Je ne pensais qu'à une chose. Récupérer mon fils. « Baisse toi et allons chercher Braiden. »

Malgré les draps dans lesquels nous étions empêtrés, Brooke se dirigea vers moi en rampant vers la porte de la chambre. Je dus lever la main pour ouvrir la porte et je sus alors avec certitude que le tireur qui se trouvait à l'extérieur pouvait nous voir, car aussitôt, une autre balle déchira le silence de la nuit et passa par la fenêtre. « Merde, Gannon ! »

Une fois la porte ouverte, Brooke se précipita dans la chambre, attrapa Braiden debout dans son lit qui pleurait. Elle le serra contre son corps nu. J'étais juste derrière elle et je les couvris tous deux d'une couverture tout en criant : « Josh !

La porte de la chambre s'ouvrit et Brooke cria : « Couche-toi. Il peut te voir !

Sans perdre un instant, Josh se mit au sol juste au moment où une autre balle passait à travers la fenêtre de mon fils. « Putain ! » Il appuya sur un bouton de son talkie-walkie. « Samson, où es-tu putain ?

Il n'y avait pas de réponse et je sentis l'angoisse me tordre les boyaux. « Merde. »

Brooke me jeta un coup d'œil. « Je suis sûre... » Une autre balle la coupa et la lumière dans le couloir s'éteignit.

Il y eut un grand silence, et je jetais un regard inquiet à Brooke, Josh était toujours au sol, alors qui diable avait éteint les lumières ?

« Quitte de là, Gannon. » C'était Samson, et j'étais ravi d'entendre sa voix.

Braiden secoué par le choc et la terreur pleurait de tous ses petits poumons. Cela ne fit que décupler ma colère. Je tuerais la personne qui avait effrayé mon fils. Je me le jurai silencieusement.

Je me cachai soigneusement, maudissant cette situation tandis que nous nous dépêchions tous les deux pour traverser le couloir, Brooke murmurait des mots rassurants à notre petit garçon en lui disant que tout allait bien se passer.

Les pièces de l'autre côté du couloir étaient toutes intérieures, ce qui signifiait qu'il n'y avait pas de fenêtres dans lesquelles tirer.

En entrant dans le couloir, ce fut un soulagement de trouver

Samson tout de noir vêtu, un masque de ski noir couvrant son visage. L'arme dégainée, il se dirigeait vers la chambre de Brooke.

Je ne voulais pas attendre de voir ce qu'il allait faire, alors j'ouvris la porte de ma chambre. Brooke, Braiden et moi étions enfin en lieu sûr, en nous glissant dans la chambre.

Enroulant la couverture autour de ma taille pour me couvrir, je pris Braiden hystérique des bras de Brooke. Il avait l'air si petit et fragile, il pleurait dans mes bras. « Papa est là mon bébé. Tout va bien. Chut. Je le berçai pour le calmer, murmurant des mots semblables à ceux de Brooke plus tôt, jusqu'à ce qu'il semble enfin se calmer un peu et enfouit son petit visage dans mon cou, serrant ma chemise avec acharnement avec ses petits poings, comme pour être sûr que je ne le lâcherai plus jamais. Mon cœur scintillant d'amour exprimait à quel point j'aimais cet enfant. La vie sans lui n'était même pas une possibilité. Comment avais-je pu exister sans lui dans ma vie ?

Lorsque je levai finalement les yeux, c'est une Brooke au visage baigné de larme qui me regardait, l'air perdu. « Pourquoi ? Pourquoi, Gannon ? « Qui ferait ça ? »

« Crois-moi, bébé, si j'avais la moindre idée, le connard qui fait ça serait déjà mort. » Je tenais mon fils dans mes bras et continuais à le bercer. Pas vraiment pour lui, comme il s'était endormi, mais pour me calmer.

Je n'ai pas vu Brooke se déplacer derrière moi. Ses bras se refermèrent autour de moi alors qu'elle serrait son corps contre mon dos, se balançant avec moi. « Ça va aller. Je vous aime tous les deux. Nous allons survivre à ceci. »

Comment pouvais-je avoir autant de chance ?

On frappa à ma porte, puis la voix de Samson se fit entendre : « Puis-je entrer ? »

En reniflant, Brooke s'éloigna de moi, s'assurant que la couverture la recouvrait toujours et elle se leva alors que je m'asseyais sur le sol, tenant mon fils. Elle me fit un signe de tête, et je lui dis d'entrer.

Les yeux que Samson posa sur nous ne laissaient rien transparaître de son appréciation de la situation. Il était discret, comme à son habitude. « J'ai réussi à toucher cet enfoiré qui qu'il soit. Son biceps droit a été touché. J'ai déjà appelé la police pour l'informer, alors si l'attaquant se rend chez un médecin ou à hôpital, il sera arrêté et emmené pour être interrogé.

Je ne pouvais que hocher de la tête. Je ne savais pas quoi demander ou dire. Mais Brooke avait une question. « Et comment a-t-il pu faire le tour de cette immense maison et de l'arrière-cour pour réaliser son petit exploit ? Où étiez-vous ? Elle le regarda droit dans les yeux et j'eus pitié du pauvre homme.

Il baissa les yeux et pinça l'arête de son nez.

« Je vois. » Elle détourna le regard. « Je suis désolé de vous avoir parlé de cette façon, Samson. Mais Braiden compte plus pour moi que vous ne pouvez l'imaginer. Et nous aurions pu... » Elle serra les poings qui blanchirent aux jointures, dans un effort surhumain essayant de se retenir. « Nous aurions pu le perdre, Samson. » Elle éclata en sanglots et courut dans la salle de bain.

Je levai les yeux vers mon garde du corps en hochant la tête. « Tu as fait tout ce que tu pouvais. Je te remercie. Au moins tu l'as touché, c'est le principal. Nous avons maintenant un indice. Et vous allez renforcer la sécurité ici. Je veux beaucoup plus de monde.

« Je m'en occupe, patron. Essayez de dormir un peu. » Il prit alors congé et je baissai les yeux sur mon fils alors que des larmes remplissaient mes yeux.

Brooke avait raison. Nous aurions pu le perdre.

Quand elle revint, elle portait un de mes t-shirts. J'en gardai dans un des tiroirs de la salle de bain avec des boxeurs amples et je découvris qu'elle en portait un noir en dessous du t-shirt blanc.

« Puis-je dormir avec toi ce soir ? »

« Oui, tous les deux. Je ne vais absolument pas vous quitter des yeux, bébé. »

Elle vint vers moi, prenant Braiden de mes bras, le portant au lit où elle le coucha au beau milieu. « Je vais dormir d'un côté, tu dormiras de l'autre.

Je m'éclipsai un moment dans la salle de bain pour me laver un peu avant de moi-même enfiler un t-shirt et un boxer. Aspergeant mon visage d'eau froide, je jetai un regard dans le miroir pour regarder mon reflet.

Quelques rides s'étaient creusées sur mon front, une chose qui n'était pas là avant que je devienne père.

Je découvrais qu'avec l'amour venaient aussi d'autres sentiments. Cela soumettait une personne à d'autres menaces que celles auxquelles elle aurait fait face seule.

Je venais à peine de rencontrer mon fils que déjà, quelqu'un essayait de nous séparer. Un lâche qui ne voulait pas me regarder en face.

Je savais que c'était quelqu'un qui ne voulait pas que la boîte de nuit ouvre ses portes. Mais pourquoi ?

Cela n'avait aucun sens.

Un homme armé s'était introduit chez moi. Une personne s'était cachée parmi l'équipe de travail au bar pour placer l'explosif sous ce bar. Cela ne ressemblait pas au mode opératoire de quelqu'un qui possédait une discothèque de luxe de Vegas.

Alors qui cela pouvait-il bien être ?

« Gannon ? » M'appela doucement Brooke.

J'entrai dans la chambre et la trouvai allongée sur le côté, face à Braiden. « Il a besoin d'être changé. Il se débrouillait bien jusque là, mais comme il a eu si peur... Penses-tu que tu pourrais aller dans sa chambre et prendre une couche propre et des lingettes pour moi ? » Elle serra la mâchoire. « J'ai peur de le faire moi-même. Et je ne veux pas le laisser seul une seconde non plus. »

Je lui souris en me dirigeant vers la porte. « Papa s'en occupe. » Je m'arrêtai et me retournai pour la regarder alors qu'elle se blottit contre mon fils.

Je n'arrêtais pas de dire mon fils. Mais la vérité était juste là, me regardant droit dans les yeux. Ce garçon était tout autant le sien que le mien. Ils ne partageaient peut-être pas le même sang comme lui et moi. Mais tous deux étaient si profondément gravés dans le cœur l'un de l'autre que cela faisait d'eux une mère et son fils.

La tâche qui m'attendait était assez ardue, je devais absolument trouver ce fils de pute qui était allé trop loin, putain. Ensuite, je ferai cette femme — la seule femme que je n'ai jamais aimée — mienne. Et une fois qu'elle serait mienne dans tous les sens du terme, elle deviendrait aussi la mère de Braiden.

Ils l'avaient tous deux mérité, et moi aussi

27

BROOKE

Je n'avais absolument pas réussi à dormir, et après avoir essayé de longues heures, je décidai finalement de renoncer. Gannon aussi était réveillé. Très réveillé et assis dans son lit, il regardait son smartphone avec attention.

« Bonjour », lui dis-je dans un murmure.

Il tourna la tête vers moi et me sourit, puis me tendit une bouteille d'eau. « Bonjour ma belle. »

Après lui avoir pris la bouteille des mains, je m'assis et bus de grosses gorgées tout en passant ma main dans mes cheveux emmêlés.

Je devais être affreuse.

Je me réveillais pour la première fois avec l'homme que j'aimais, et c'était après une nuit incroyablement horrible.

J'étais heureuse de constater que Braiden, dormait encore profondément, en émettant de petits ronflements.

Je me recouchai et j'essayai de ne pas me laisser envahir par la déprime, mais ce ne serait pas une tâche facile de faire comme si de rien n'était. Les coups de feu avaient sifflés dans ma chambre et dans celle de Braiden, cela ne pouvait être ignoré.

Thanksgiving et mon anniversaire n'étaient que dans quelques jours. Avec un fou en cavale, il n'était pas possible que nous allions chez ma famille et les mettions tous en danger.

« Je suppose que nous devrions dire à Consuela de préparer le dîner de Thanksgiving ici, Gannon. » Je sortis du lit pour me lever et aller faire pipi.

En passant devant lui, il m'attrapa la main. Nos yeux se croisèrent et les siens étaient remplis de culpabilité. « Bébé, je suis tellement désolé de t'avoir mis dans ce pétrin. Je jure que je vais me faire pardonner. Je n'ai jamais eu l'intention de te faire manquer les vacances en famille ou ton anniversaire. Je suis vraiment… »

Je ne pouvais pas le laisser continuer et me penchai pour l'embrasser. Quand nos lèvres se séparèrent, je dis : « Je sais, bébé. Ne t'inquiète pas. Il y a tellement de choses plus importantes à craindre. Ne te préoccupe pas de cela. »

Il lâcha ma main et je me glissai dans la salle de bain. Mes cheveux étaient horribles. Ils s'étaient horriblement emmêlés et l'image de mon visage dans le miroir me fit gémir. Je m'émerveillai de la capacité de Gannon de ne pas détourner les yeux de mon apparence repoussante. Le fou avait même accepté un baiser de mes lèvres sèches !

Il devait vraiment m'aimer !

J'avais besoin de traverser le couloir de ma chambre pour prendre une douche et m'habiller, mais j'avais peur d'y aller. Secouant la tête, je me regardai dans le miroir et m'auto encourageai. « Tu n'es pas une poule mouillée, Brooke. Va dans cette pièce et fais ce que tu dois faire. Ensuite, va dans la chambre de Braiden et apporte-lui des vêtements.

Après avoir gagné un peu de courage, je me mis au travail, puis je retournai dans la chambre de Gannon. Braiden s'était réveillé. Il s'était glissé sur les genoux de son père et regardait un dessin animé sur sa tablette. « Bonjour, citrouille. » Je me dirigeai vers lui et lui donnai un petit bisou sur la tête. « J'ai besoin de prendre une douche. Ça ira ?

"Ne t'inquiète pas." Gannon tendit la main et me prit de nouveau la mienne. "Va chercher de quoi vous changer, puis viens prendre une douche ici. Je me sentirai plus rassuré en sachant que vous êtes avec moi. »

Il ressentait la même chose que moi. C'est comme si nous nous étions en quelque sorte retrouvés au beau milieu d'une zone de guerre. D'un signe de tête, je quittai la pièce.

Dès que j'ouvris la porte donnant sur le couloir, je constatai que la porte de Braiden et la mienne avaient été laissées ouvertes. Dans ma chambre, le sol était jonché de morceaux de verre étincelant sur le tapis beige.

La pièce était sombre, même si le soleil devait déjà être levé. En regardant vers les fenêtres, je découvris dans un frisson les trous béants laissés par les balles. Le son des balles qui avaient déchiré la pièce la nuit précédente me revint en mémoire.

Je regardai de l'autre côté de ma chambre et je vis des trous dans le mur où les balles s'étaient logées. Heureusement, que nous n'avions pas été touchés par ces projectiles. Je sortis des sous-vêtements de ma commode, puis une robe de mon placard et une paire de talons.

En faisant attention de ne pas marcher sur des éclats de verre, j'entrai dans la chambre de Braiden dans laquelle je récupérai aussi des vêtements. Ses fenêtres avaient également été fermées et cela me fit presque sangloter de nouveau.

Nous aurions pu le perdre.

Je secouai la tête pour chasser cette pensée.

Nous ne l'avions pas perdu, et tout le monde était sain et sauf. Je devais être reconnaissante, et être consciente du fait que nous avions également beaucoup de chance que personne n'ait été blessé.

Sauf l'assaillant ou l'assaillante qui s'en était prise à nous.

Qui aurait pu dire que ce n'était pas une femme ? Peut-être une femme venant du passé de Gannon qui voulait se venger de ne plus faire partie de sa vie.

Je sortis de la chambre, les bras remplis de nos affaires et j'entrai dans la chambre de Gannon, le trouvant jouant avec Braiden, ils se roulaient tous les deux dans le grand lit.

« Je vais prendre une douche rapide, puis je lui donnerai son bain. » Je plaçai les vêtements de Braiden sur la commode. « Dois-je lui changer sa couche avant cela ? »

Gannon était tout sourire alors qu'il inclinait la tête en direction de la couche blanche soigneusement pliée à côté de lui sur la table de chevet. « Je l'ai déjà fait. »

J'étais un peu abasourdie. Il n'avait jamais changé de couche auparavant. « Oh. Sensationnel. »

« Ouais je sais. C'était un peu une épreuve, mais j'ai fini par comprendre comment faire. Mais honnêtement, il a besoin d'un bain, alors le changer était un peu inutile. » Il gloussa alors que Braiden rampait sur le lit pour m'atteindre. Gannon l'attrapa par la cheville et le ramena vers lui alors que le garçon riait de joie. « Hé petit homme puant. Elle doit prendre sa douche. Tu restes ici avec moi.

« Je vais me dépêcher. » Je me tournai pour aller dans la salle de bain.

« Non, prends ton temps. Il est bien avec moi. »

En entrant dans la salle de bain, sa salle de bain, je pris le temps d'explorer tout ce qui appartenait à Gannon. Le shampoing était masculin, et le savon musqué. Je finis par sentir comme lui une fois ma toilette terminée.

Je passai sa brosse dans mes cheveux, posai son dentifrice sur ma brosse à dents, puis j'utilisai son bain de bouche aussi. Rien de ce qu'il avait dans sa salle de bain ne ressemblait à mes produits.

Au début, la différence de goûts, d'odeurs était flagrante dans mes rituels habituels du matin. Mais c'est justement ce contraste qui finit par me faire chavirer. J'avais l'impression de m'être immergé dans l'intimité la plus secrète de Gannon.

Cela me donnait le sentiment d'avoir accédé à un nouveau niveau d'intimité avec l'homme que j'aimais.

Avant de quitter la salle de bain pour aller chercher Braiden, je commençai à lui faire couler un bain. Quand je sortis le chercher, je le trouvai blotti contre la poitrine large de Gannon, écoutant son papa lui raconter une histoire qu'il avait inventée.

Je ne pouvais pas arrêter le sourire étendu sur mon visage.

Gannon devenait rapidement le meilleur papa de l'histoire des papas. « Comme c'est mignon. »

Ni Braiden ni Gannon ne m'avaient remarqué jusqu'à ce que je parle. Mais quand leurs deux têtes se tournèrent pour me regarder et que des sourires presque identiques se formèrent sur leurs lèvres, mon cœur s'emballa.

Deux des plus beaux mâles de la planète me faisaient des sourires éclatants. J'avais tellement de chance.

Braiden avait la ferme intention de m'atteindre cette fois-ci et il se précipita férocement hors de la poitrine de son père. Je dus courir pour l'attraper avant qu'il ne glisse hors du lit. Gannon et moi finîmes par rattraper l'enfant espiègle.

Je le pris dans mes bras et secouai la tête. « Braiden! Tu es un garçon foufou. Tu aurais pu tomber du lit et te casser la figure. Tu dois faire attention. »

En dépit de mes réprimandes, le garçon me serra dans ses bras, embrassa ma joue et poussa un cri de joie. Gannon eut un petit rire en regardant son fils se serrer contre moi. « Quelle fille! On dirait que tu as tous les hommes de la famille Forester à tes pieds. »

Je me sentis rougir. « Quel beau parleur. » Je tournai les talons, me dirigeant vers la salle de bain pour laver son fils.

Le bruit des couvertures me fit savoir que Gannon se levait. Puis ses mains se posèrent de chaque côté de ma taille et sa poitrine nue contre mon dos. Ses lèvres étaient sur mon cou et je l'entendis prendre une grande respiration. « Hum, tu sens comme moi. J'aime bien ça. »

« Ah, oui, vraiment? » Je dus rire, sa joue caressant la mienne tandis qu'il embrassait ma joue.

Braiden reprocha à son père de m'avoir embrassé sur la joue en posant sa main sur son visage pour le repousser. Puis il embrassa au même endroit sur lequel son père avait posé ses lèvres, pour bien signifier que j'étais à lui.

Je ris et le posai pour le déshabiller alors que Gannon allait se brosser les dents.

En retirant les vêtements du petit garçon et en le posant dans la baignoire que je remplissais avec de l'eau tiède et ses bulles de bain préférées, je me fis la réflexion que ça devait être ça le bonheur domestique.

Papa se brossait les dents, Maman donnait le bain à l'enfant. C'était vraiment ça le bonheur.

Mais je n'étais pas la mère de Braiden. Non, sa mère était une créature horrible.

Le petit garçon n'était pas un garçon à problèmes, il était adorable, drôle, un véritable rayon de soleil. Comment avait-elle pu l'abandonner ?

Peut-être qu'elle ne l'avait pas abandonné...

Je me dis que les premiers coups de feu n'étaient peut-être pas destinés à Braiden. C'est dans ma chambre que les balles avaient sifflé. Quel était l'intérêt de menacer le petit garçon, pour ensuite me tirer dessus ?

« Gannon, est-ce que quelqu'un a parlé à la mère de Braiden de tout ce qui se passe ? » Je me retournai pour croiser son regard à travers le miroir.

« Non, je n'ai donné aucune information à la police sur elle. Pourquoi ? Tu penses qu'elle pourrait avoir quoi que ce soit à voir avec tous ces événements ? Mais dans quel but ? C'est elle qui a voulu se débarrasser de ce qu'elle appelait un fardeau. Pourquoi faire des menaces maintenant ? Il secoua la tête. « Je ne pense pas qu'elle soit impliquée dans tout ça. »

« Peux-tu quand même lancer une enquête, quelque chose me tracasse, s'il te plaît Gannon. » Je me retournai vers Braiden, le cœur serré.

Ce qu'elle avait fait à Braiden et à Gannon était déjà assez grave. Mais peut-être qu'elle préparait quelque chose d'encore pire.

28
―――
GANNON

En descendant pour le petit-déjeuner, nous fûmes accueillis seulement par Samson. Il avait demandé au personnel de ne pas venir. Seuls Josh et lui se tenaient dans ma cuisine et discutaient calmement.

Je me raclai la gorge, ce qui les firent s'arrêter attirant leur attention. « Où sont exactement le chef et le personnel ? »

Samson prit un sac de papier brun sur le comptoir et se dirigea vers nous. « Nous avons cru bon de leur donner la journée. Je pense que le mieux est de ne pas avoir trop de monde ici jusqu'à ce que nous attrapions ce type. » Il plaça le sac sur la table pendant que je mettais Braiden dans sa chaise haute. « Je me suis arrêté en ville et je vous ai acheté des bagels et des sandwiches. J'ai pensé que vous aimeriez cela, je vous ai vu en manger très souvent. »

"Super, merci, Samson. » Brooke sortit les choses du sac et me regarda alors qu'elle posait les aliments emballés sur la table. « Je peux nous cuisiner quelque chose. Ne t'inquiète pas.

Elle se précipita vers la cuisine et regarda la machine à café. Je savais que c'était trop compliqué pour elle. « Ne t'inquiète pas pour ça. »

Avec un hochement de tête, elle regarda autour d'elle, jusqu'à ce qu'elle trouve enfin quelque chose dans le tiroir du dessous. « Les instructions sont là. Ça ne devrait pas être trop compliqué à comprendre. Ne t'inquiète pas. Peux-tu simplement aider Braiden à manger un peu jusqu'à ce que je m'occupe de sa bouillie et de ses fruits frais, s'il te plaît. » Elle s'employa à préparer le repas nutritif de Braiden tout en s'assurant qu'il mangeait toujours des choses qui étaient bonnes pour lui. Les bagels et les sandwiches n'étaient pas recommandés pour le petit-déjeuner d'un enfant. Pas selon les standards de Brooke.

Je fis signe à mes gardes du corps pendant qu'elle s'affairait dans la grande cuisine de luxe équipée d'appareils ultramodernes. J'avais écrit l'adresse et le numéro de téléphone de Cassandra Harrington sur un bout de papier. Le sortant de la poche de mon jean, je le poussai vers Samson. « Peux-tu me faire une petite vérification sur cette personne. »

Je regardai vers Samson pour m'assurer que Brooke ne m'écoutait pas et vis qu'elle était tellement absorbée par ce qu'elle faisait qu'elle ne faisait plus attention à nous. « C'est la mère de mon fils. Je doute qu'elle ait quelque chose à voir avec ça, mais je pense que cela ne fera pas de mal d'en être sûr. »

Samson hocha la tête. « Ne vous inquiétez pas, je ne laisserai rien passer. » Il désigna Brooke du doigt. « Je pense aussi que c'est mieux pour elle de ne pas sortir. »

« Bien sûr. » Je hochai la tête et me sentis extrêmement coupable. Tout le reste du personnel avait été autorisé à rester loin du danger, mais pas elle. Et tout ça parce qu'elle et moi étions tombés amoureux. Ce n'était pas juste pour elle et je le savais.

Mon smartphone sonna et je vis le nom de Brad s'afficher. « Merde ! »

Puis le talkie-walkie de Josh s'alluma. Un des gardes extérieurs déclara : « Un certain Brad est devant le portail. Il demande à rentrer. »

Je me saisis du talkie pour répondre à l'appel de Brad. « Je vais lui parler. »

« Gannon, qu'est-ce qui se passe ? » Me demanda Brad d'un ton concis.

En me pinçant l'arête du nez, je me préparais à entendre un flot de jurons après avoir dit ce que je devais dire. « Nous allons bien. Ta sœur va bien. Elle est en sécurité. C'est le plus important. »

« Qu'est-ce qui se passe, Gannon ? » Je ne l'avais jamais entendu aussi angoissé. C'était comme s'il avait perdu toute réserve.

« Quelqu'un a tiré en direction de la maison la nuit dernière. » Je retins mon souffle en attendant l'explosion.

Mais tout ce que j'entendis fut un faible gémissement. « Mon Dieu, Gannon. Mon Dieu. Vous allez bien ?

« Oui, ça va. » Je pris une profonde inspiration, sachant que je devais lui en dire plus. « Les premières balles ont traversé la fenêtre de ta sœur. Les suivantes celles de Braiden. »

« Putain ! » le mot résonna dans mon oreille. « Pourquoi elle, Gannon ? La menace était contre le gamin. Alors pourquoi sa fenêtre ? »

« Si seulement je savais. L'un de mes gardes du corps a touché le tireur au bras. Les enquêteurs se sont chargés de l'indice. Je ne compte pas uniquement sur la police. J'ai aussi une équipe de détectives privés. Et ta sœur, mon fils et moi resterons dans cette maison jusqu'à ce que le suspect soit retrouvé et placé en détention. Je ne les laisserai jamais seuls. »

« Gannon ? » Brad s'arrêta et je sus qu'il hésitait à dire ce qu'il avait à dire. « Merde. Putain. Je n'arrive pas à croire que je vais dire ça. Je veux que tu restes près de ma sœur tout le temps. Ne la laisse s'éloigner de toi à aucun moment. Même quand vous allez vous coucher. Et n'ose pas la toucher, putain. Tu m'entends ? »

« Parfaitement et clairement. » J'avais tellement envie de lui dire que j'aimais sa sœur et que je mourrais pour elle, sans aucune hésitation. Je choisis cependant de ne pas lui dire ces mots. « Brooke m'est extrêmement précieuse. Je ne laisserai jamais rien lui arriver. Je te le jure, Brad. Je prendrais une balle pour elle s'il faut. Comme je le ferais pour mon fils. »

« Tu as intérêt. » Il soupira lourdement. « Putain de merde, mec.

D'accord. Je pars. Mais tiens-moi au courant de ce qui se passe. Et prends soin de ma petite sœur, Gannon Forester.

Je déglutis alors que je pouvais entendre sa voix se briser. Brad devait très clairement essayer de prendre sur lui. « Je le ferai et je suis vraiment désolé, Brad. Tu n'imagines même pas à quel point je suis désolé. »

« Je sais, mon pote. Je peux l'entendre dans ta voix. Prends soin d'elle. S'il te plaît. »Le désespoir était évident au son de sa voix.

« Compte sur moi. »

Après avoir mis fin à l'appel, je vis Brooke venir à la table avec du café dans une main et un bol de flocons d'avoine dans l'autre, une bouteille de jus de pomme sous le bras. « Alors, comment mon frère prend-il tout ça ? » Elle posa tout sur la table avant de prendre place.

Elle n'avait rien apporté pour elle-même. Je découvris que Josh s'était éclipsé et Samson était sur son portable, parlant à quelqu'un. J'espérais qu'ils découvriraient quelque chose aujourd'hui. J'en avais marre de cette situation et je voulais en finir.

Elle alla immédiatement donner un verre de jus à Braiden, puis lui donna sa bouillie à la cuillère. « Tu as faim, mon petit chou ? »

Elle était tellement concentrée pendant qu'elle nourrissait Braiden qu'elle ne faisait pas attention à moi. Je ne savais pas cuisiner, pas même un petit peu. Mais je savais que Consuela conservait des repas congelés qu'elle préparait à l'avance. Elle voulait que je puisse avoir accès à la nourriture même quand elle n'était pas disponible pour cuisiner pour moi. Comme, par exemple, la nuit, après une longue journée de travail.

Le personnel ne vivait pas chez moi. Certains de mes employés avaient vécu avec mes parents, mais je préférais rester seul la nuit chez moi. Samson, lui, était la seule exception, mais il vivait dans sa cabane, je n'étais donc pas complètement seul.

Après avoir réchauffé un repas composé d'une omelette au fromage et de quelques lardons, je le servis dans deux assiettes, je me saisis d'une tasse de café et d'un verre de jus de pomme. Elle venait à peine de finir de nourrir Braiden et se tourna vers moi alors que je plaçais tout devant elle. « Voilà pour toi, ma reine. »

Son sourire me réchauffa à l'intérieur. « Gannon, tu n'avais pas à faire ça. » Puis elle vit le repas d'un peu plus près. « Attends, comment as-tu fait ça ? »

Avec un petit rire, je secouai la tête. « Je ne te le dirai pas. » Je me penchai pour embrasser sa joue. « Je suis magicien. Maintenant, mange. Je vais finir de nourrir Braiden. »

Elle me regarda avec un grand sourire sur son beau visage. « Qu'est-ce que j'ai fait pour te mériter ? »

Je fis le tour de la table pour m'asseoir de l'autre côté de mon fils. « Tu es un ange. C'est à moi de me demander ce que j'ai fait pour te mériter, bébé. »

Elle prit une bouchée, puis une gorgée de café. Pointant sa fourchette qui portait un autre morceau d'œuf au fromage, elle dit : « Tu sais quoi, Gannon ? Je n'arrête pas de penser que cette femme doit avoir quelque chose à voir avec ça. Alors, dis-moi quel genre d'accord sur la garde vous avez signé.

"Je ne pense vraiment pas que ce soit le cas. » Je coupai une myrtille en deux puis la tendis à Braiden.

« D'accord. En cas de décès, qui a la garde alors ? » Elle porta la fourchette à sa bouche en me regardant.

Ma tête se mit à tourner, alors que je réfléchissais à sa question. En relisant l'accord légal, je vis qu'il stipulait qu'en cas de décès, la garde lui reviendrait.

« Brooke, tu avais raison, la garde lui reviendrait. Je ne la laisserai jamais faire. » Je regardai mon fils et compris que je ne pouvais jamais la laisser lui remettre la main dessus. Puis je regardai Brooke. « Je dois faire changer ça. Il n'y a qu'une seule personne à laquelle je pourrai laisser mon fils. Et c'est toi.

Son visage devint pâle en disant : « Ce n'est pas ce à quoi je pensais, Gannon. Je pense qu'elle a tout orchestré. Le fait qu'elle l'ait abandonné. Le fait qu'elle ne veuille rien de toi. Elle ne veut pas simplement une pension alimentaire pour l'enfant. Elle veut tout. Absolument tout. Ainsi, elle récupère son fils et toute ta fortune, car il est ton seul héritier. »

Mon sang se glaça dans mes veines, car je savais qu'elle avait raison.

29

BROOKE

La journée s'étendait, et vers midi, je n'étais pas vraiment satisfait des résultats obtenus par les enquêteurs de Gannon.

Ils avaient parlé à Sassandra Harrington tôt ce matin-là. Ils pensaient qu'elle était plutôt méfiante, mais elle avait un solide alibi pour la nuit précédente. L'homme qui était chez elle leur avait verbalement confirmé son alibi.

Mais je n'étais toujours pas convaincue, même s'ils disaient qu'ils la garderaient dans leur collimateur, peu importe ce que cela voulait dire.

Nous étions dans la salle de jeux après avoir déjeuné avec Braiden. Il faisait à présent une sieste, tandis que Gannon travaillait sur son ordinateur portable et s'occupait de ses affaires. J'allumai mon smartphone pour envoyer des SMS à ma sœur.

Brianna était une lectrice passionnée de romans de mystère et un détective amateur. Je pensais qu'une enquête d'un tel acabit était dans ses cordes. Elle répondit rapidement à mon premier message, qui lui demandait si elle avait entendu parler de ce qui se passait entre Gannon, Braiden et moi-même. Elle me dit de la rappeler pour que l'on parle.

Après m'être excusé auprès de Gannon, je me glissai dans la salle de bain laissant Gannon et Braiden dans la salle de jeux.

Dès que je fus hors de portée de voix, je pus enfin parler plus librement avec Brianna. « Que diable se passe-t-il Brooke ? Brad a appelé tout le monde pour leur parler de ce qui se passe. Est-il vrai qu'on a tiré des balles dans ta chambre la nuit dernière ? » Demanda-t-elle.

« Elles ont traversé ma chambre, oui. » Je mâchouillai nerveusement mon ongle rose. « Je n'ai jamais eu aussi peur de ma vie. »

« Tu dois tout me dire. Chaque détail. »

Je lui racontai tout, omettant le fait que Gannon avait été avec moi à chaque fois. Mais je lui dis que Braiden et moi avions dormi dans le lit de Gannon avec lui le reste de la nuit, car il ne voulait pas nous perdre de vue. C'était vrai après tout.

Quand elle me dit qu'elle était contente qu'il prenne si bien soin de moi, j'ai eu l'impression qu'un petit pas en avant avait été fait. Au moins, ma famille voyait que Gannon pouvait me protéger.

Je décidai de lui parler de Cassandra Harrington. Brianna fit une recherche sur Internet pour découvrir qu'il y avait un parc près de chez elle. Elle pourrait s'y rendre pour la surveiller, au moment où Cassandra sortirait de sa maison. Ensuite, elle pourrait la suivre et la rencontrer accidentellement. Ma sœur décida rapidement d'agir, et elle me promit de me mettre au courant de la suite des opérations.

Je venais de raccrocher et je sortais de la salle de bains, lorsque je tombai sur Gannon. Braiden dormait encore. « Te voilà. » Son front était plissé et il se frotta la nuque. « Je sais que je suis trop protecteur, mais si quelque chose devait t'arriver... » Il s'arrêta et je tendis mes bras autour de lui. Ses lèvres touchèrent le haut de ma tête et il me prit dans ses bras tendrement. « Je vois pourquoi ta famille est si protectrice envers toi maintenant. Tu es tellement adorable. » Il me souleva sans effort.

Il me ramena dans la salle de jeux et s'assit sur l'un des canapés, me posant sur ses genoux. Braiden était encore profondément endormi. Nous étions quasiment seuls et je voyais soudain la lueur dans les yeux bleus de Gannon.

Ses lèvres touchèrent mon oreille. « J'ai envie de toi, puis-je te toucher, discrètement ? »

« Gannon ! » Je lui donnais un petit coup sur la poitrine en rougissant à l'idée de faire quelque chose de sexuel, alors que le garçon était dans la même pièce que nous. Je me moquais de savoir s'il dormait ou non, c'était mal. Mes yeux se posèrent à l'endroit où il se trouvait puis sur Gannon. « C'est impossible. »

Il regarda Braiden et sourit. « Il est profondément endormi, bébé. Allez. Il se rapprocha et me mordilla le lobe de l'oreille. « Même les papas ont besoin d'amour. »

Sa détermination et son humour me firent sourire. Et ses morsures firent le reste. « Qu'est-ce que tu as en tête ? » lui demandai-je, avant de rajouter rapidement : « Je ne dis pas que je suis d'accord. Je me demandais simplement à quoi tu pensais.

Ses dents me frôlèrent le cou, puis ses douces lèvres se pressèrent derrière mon oreille. Mes cuisses frissonnèrent sous l'effet de la chaleur. « Cette robe pourrait très bien cacher les choses que nous pourrions faire. » Il me retourna lentement, pour que je sois face à lui. Il étendit ma robe et je sentis mon cul recouvert de ma culotte entrer en contact avec son membre tendu. « Tu vois ce que je veux dire ? »

« Oui, mais je ne... » Le contact de sa bouche sur mon cou alors qu'il tendait la main vers moi, recouvrant mes seins, me fit taire.

Je mouillais déjà tellement, c'était fou. « Gannon, non », dis-je, mais il n'y avait absolument aucune conviction dans ma voix. « Nous ne pouvons pas faire ça. »

« J'ai besoin de toi chérie. S'il te plaît. » Il aurait pu me manipuler pour arriver à ses fins, mais le fait était que, moi aussi j'avais besoin de lui. Et je pouvais voir dans ses yeux qu'après tout ce que nous avions traversé, il avait cruellement besoin d'être rassuré que j'étais toujours saine et sauve. Je pouvais reconnaître ce sentiment parce que je le partageais aussi.

Ses mains descendirent et je les sentis bouger sous mes fesses. Puis je sentis la chaleur de sa chair nue contre mes joues alors qu'il enlevait ma culotte. « Oui, bébé. » Il bougea sa queue dressée sur mon cul et je gémis doucement. « Maintenant, je veux que tu te soulèves doucement et que tu t'empales toi-même sur moi. » Il brossa doucement mes cheveux sur le côté et embrassa l'endroit où mon cou et mon épaule se rencontraient. « Si Braiden commence à remuer, tu le verras et nous pourrons nous arrêter. »

Alors, les yeux rivés sur l'enfant endormi de l'autre côté de la pièce, je fis comme il me l'avait demandé, en essayant de retenir le gémissement qui menaçait de s'échapper de mes lèvres alors que je m'empalais sur sa queue. Le temps se suspendit, tandis que nous étions tous deux silencieux. Gannon me caressait, me tenant par la taille pendant qu'il embrassait mon cou.

Ce que je ressentais était fou. C'était imprudent, fou, très coquin, totalement interdit. Je comprenais enfin ce que les filles trouvaient aux mauvais garçons. Ils étaient incroyablement excitants !

Dès les premières secondes, j'aurais déjà pu jouir. Avec Braiden qui pouvait se réveiller et mettre fin à tout, à n'importe quel moment, j'étais prêt à exploser s'il faisait le moindre mouvement.

La bouche de Gannon faisait des miracles sur moi alors qu'il effleurait ma peau de ses dents pour la sucer. Ses lèvres, sa bouche et ses dents, me faisait un effet incroyable, à des endroits qui me faisaient raidir les orteils dans mes chaussures.

Il me touchait sans effort, me soulevant et me déposant sur lui, avec tant de facilité, ce qui me donnait une impression de légèreté incroyable. Sans que j'aie pu m'en empêcher, l'orgasme m'envahit, jouissant, gémissant doucement avec Gannon. Je dus retenir un cri alors qu'il entrait en moi avec une bouffée de chaleur et une forte morsure au cou.

Sa langue remonta dans mon cou puis passa dans mon oreille. « Je t'aime, Brooke. »

J'allongeai mon corps, sur le sien. « Je t'aime aussi, mon amour. Zut. Je dois aller me nettoyer. »

Ses mains traînèrent sur mes bras alors qu'il appuyait sa tête sur mon épaule. « Vas y. Je serai là. Moi aussi je vais me nettoyer rapidement, dans la salle de bain, d'à côté. Une de ses mains se leva et il poussa mon visage sur le côté. Ensuite, nos lèvres se rencontrèrent et je sentis sa queue vibrer en moi. Oh, cet homme me faisait du bien.

Braiden fit soudain un mouvement, pour se retourner. Je descendis des genoux de Gannon en un saut. « Zut. Je reviens tout de suite », murmurai-je, puis je sortis en courant de la pièce pour me rendre dans ma chambre.

Je partis en courant dans le couloir, où je crus avoir entendu quelque chose et lorsque je me précipitai dans ma chambre, je m'arrêtai lorsque je vis qu'il y avait quelqu'un à l'intérieur. Un homme réparait ma fenêtre. « Oh, salut », dit-il. « J'ai presque fini avec celle-ci. »

Oh zut !

« C'est super. » Dis-je essayant de rester cool. « Je dois prendre quelque chose très vite. » J'ouvris mon tiroir du haut et serrai une petite culotte dans ma main pour qu'elle passe inaperçue. « Au revoir. » J'entrai dans la chambre de Gannon pour me diriger vers les toilettes pour me nettoyer et me changer.

Au moment où j'eus finis, mon portable sonna et je vis que c'était ma sœur qui me rappelait déjà.

« Allô », répondis-je.

« Oh, petite sœur. Cette femme doit avoir quelque chose à cacher », dit-elle « J'ai parlé à Brad et il m'a raconté l'histoire de la mère du fils de Gannon.

Le fait qu'elle appelle cette femme comme ça me fit mal. Vraiment très mal. « D'accord. Mais ne l'appelle pas comme ça. Appelle-la comme tu veux, mais pas comme ça.

Elle fit une pause. « D'accord. Eh bien, je l'ai suivie dans le parc où je l'ai accompagnée pour une course. J'ai réussi à nouer le contact et après ça été facile de la faire parler. Son premier et seul sujet de conversation était combien son petit garçon lui manquait. Elle prétendait qu'un homme, un vieux et riche énergumène, les avait séparés l'un de l'autre. Elle m'avait raconté qu'elle était mère célibataire depuis qu'elle avait appris qu'elle était enceinte et qu'elle ne l'avait informé que récemment qu'il était papa. Elle se sentait coupable de ne pas lui avoir dit avant.

« Ah, vraiment. » Dis-je en mâchonnant à nouveau mon ongle tout en l'écoutant.

« Oui. Et il y a plus, continua Brianna. « Elle a dit qu'elle s'était faufilée dans le domaine de l'homme riche, pour pouvoir apercevoir son fils. Elle voulait s'assurer qu'il était en sécurité. Elle avait trouvé sa fenêtre et celle juste à côté, devait être celle de sa nourrice. Et devine ce qu'elle a dit ?

J'étais choquée que Cassandra en sache autant. Elle devait être impliquée dans tout ça. « Qu'est-ce qu'elle a dit d'autre ? »

« Elle a dit qu'à travers le rideau, elle avait tout vu. Son fils. La nounou. Et le père de son bébé qui semble-t-il, couchait avec la nourrice. » Ses paroles firent arrêter de battre mon cœur. « Alors, petite sœur, est-ce que toi et le mauvais garçon milliardaire couchez ensemble ? »

Ma vie était foutue !

30

GANNON

Il ne fallut pas longtemps pour que Brooke revienne dans la salle de jeux. Son visage était pâle lorsqu'elle jeta un coup d'œil à Braiden, qui dormait toujours.

J'avais mon ordinateur portable sur mes genoux et je le fermai quand elle vint s'asseoir à côté de moi, ses yeux gros comme des soucoupes. « Gannon, Cassandra nous a espionnés ! » Ses mots n'étaient qu'un sifflement, mais ils me transpercèrent le cœur.

Tu es sûre ?

Je hochai la tête. « Bébé, elle n'a pas pu nous espionner. D'où tiens-tu une idée aussi folle ?

« Ma sœur. » Elle acquiesça. « Je l'ai appelée. Je lui ai dit d'essayer de parler à Cassandra. Et elle l'a fait. Elle l'a rencontrée au parc près de chez elle.

Je levai la main pour l'arrêter, car elle parlait beaucoup trop vite sans s'arrêter. « Ralentis. Maintenant, de quoi parles-tu ?

« Peu importe la façon dont elles se sont rencontrées. L'essentiel c'est que Cassandra a sorti à ma sœur, quasiment comme un cheveu sur la soupe, qu'elle avait présenté son fils à son père après s'être senti coupable de les avoir séparés. Et que le vieil homme riche lui avait enlevé son fils. »

« Oh, mon Dieu... » Je serrai les dents, j'avais du mal à croire ce que j'entendais. « Cette chienne ! »

« Oui, elle en est une. Et je crois que c'est elle derrière tout ça, Gannon. Et je pense que j'avais raison. Elle veut ta mort. C'est la raison pour laquelle les premiers coups de feu ont été tirés dans ma chambre. Elle se redressa et sourit en croisant les bras devant elle, comme si elle était heureuse d'avoir résolu cette affaire. Mais elle ne l'avait pas encore résolue.

« Donne-moi plus de détails, bébé. Je suis un peu perdu, la pressai-je.

Ses sourcils se levèrent. "Oh ! J'ai oublié la meilleure. Elle nous espionnait. Elle sait pour nous deux. Et c'est pourquoi mon..."

Je l'arrêtai. "Oui, oui. Je comprends maintenant. C'est la raison pour laquelle ta chambre a été touchée en premier. » Je me frottai le front alors que tout s'éclaircissait. « C'est moi qu'elle essayait de tuer. Pas Braiden. » Ce fut un soulagement, mais pas entièrement.

Bien sûr, Braiden était en sécurité, mais pas complètement. Si elle lui mettait la main dessus il ne serait absolument pas en sécurité. Elle était monstrueuse. « J'appelle l'enquêteur principal pour le lui faire savoir. »

« Oui, tu dois faire ça tout de suite. » Elle se leva et commença à ramasser les jouets éparpillés. « Ma sœur m'a demandé si nous avions vraiment baisé — je ne te raconte même pas les noms d'oiseaux qu'elle t'a donnés — j'ai failli m'évanouir. »

Je posai mes doigts sur l'écran de mon smartphone. « Attends, quoi ?? Elle t'a demandé si on couchait ensemble.

Étions-nous enfin libres d'annoncer publiquement notre relation ?

« Oui, elle l'a fait. » Elle leva les yeux au ciel. « C'était terrifiant, Gannon. J'étais comme un lapin pris dans les phares d'une voiture quand elle m'a posé cette question.

« Qu'est-ce que tu lui as dit ? » Je croisai les doigts. S'il te plaît, dis-moi que tu lui as dit la vérité !

« Je ne lui ai rien dit. » Mon cœur s'arrêta en entendant la réponse. « J'ai dit à Brianna que cette nana devait s'imaginer des choses. J'ai tout nié en bloc. Nous sommes très proches et avant tout des amis ayant une relation d'employeur à employé, mais il n'y a rien de plus entre nous. »

Oh, quelle merde !

« Cela aurait été une excellente occasion de lui dire la vérité, tu ne penses pas ? » Je la regardai alors qu'elle rangeait les jouets qu'elle avait ramassés.

Ses épaules étroites s'agitèrent en un haussement d'épaules. « Je ne l'ai pas vu comme ça. »

Bien sûr, que non.

Il était évident que ce serait à moi de dire la vérité sur notre relation. Je ne savais pas quand ni comment, mais je savais que tout dépendait de moi.

Après l'appel, je chargeai une équipe d'enquêteurs pour chercher toutes les empreintes possibles sur les fenêtres situées à l'extérieur des chambres de Brooke et de Braiden. J'espérais contre tout attente que Cassandra n'avait pas eu l'intelligence de porter des gants quand elle avait joué les voyeuses.

Alors que j'étais au téléphone, je vis Braiden se réveiller et Brooke s'allonger sur le sol à côté de lui, lui caressant le dos et lui parlant doucement.

Après avoir raccroché, je restai assis à les regarder. La vérité me frappa soudain. Je le savais déjà depuis un moment, mais en les regardant là, alors qu'il lui souriait et lui touchait si gentiment le visage. Elle passa sa main dans ses cheveux noirs avec une telle tendresse que je sus ce qu'il fallait que je sache.

« D'accord, » dis-je en me levant, « l'équipe va venir et si elle trouve ses empreintes où que ce soit, elle sera prise en charge et emmenée, pour passer au détecteur de mensonges, puis livré à la police. »

J'allai m'asseoir par terre avec Brooke et Braiden. Lorsqu'il me vit par terre, il embrassa la joue de Brooke, puis il vint s'asseoir sur mes genoux. « Le petit homme de papa a-t-il fait une bonne sieste ? »

Tandis que lui et moi discutions avec des hochements de tête et des coups de nez, Brooke jeta un coup d'œil à son téléphone portable et se leva. « Je vais aller chercher quelque chose à préparer pour le dîner. Voulez vous, vous joindre à moi à la cuisine, tous les deux ?

Précédés par Brooke, Breidan et moi lui emboîtâmes le pas, comme une famille normale, du moins c'est ce que je pensais, puisque je n'avais vu de telles scènes qu'à la télévision. Je ne savais pas ce qu'était que de manger un repas préparé par une mère. Ma mère n'avait jamais cuisiné un jour de sa vie.

Je mis Braiden dans sa chaise haute, puis je le transportai dans la cuisine. « Est-ce que je peux t'aider ? »

Brooke ouvrit le frigo. « D'accord. Que sais-tu faire ? »

« Pas grand-chose, mais je serais vraiment heureux que tu m'enseignes. » Je me lavai les mains pour me préparer à apprendre d'elle.

Elle rit en sortant du poulet du congélateur. « C'est marrant, hein ? » Elle mit le sac dans le micro-ondes et le démarra.

« De quoi tu parles ? » Je devais lui demander, car elle ne développa pas.

Elle s'approcha de moi, passant les bras autour de mon cou en me regardant. « Tu m'enseigne dans la chambre à coucher. Je t'enseigne dans la cuisine.

Je l'embrassai, la serrant contre moi. « Je peux t'apprendre certaines choses ici aussi. Peut-être qu'une nuit, quand tout ceci sera terminé, toi moi irons dans la cuisine pour un casse-croûte de minuit.

« Tu es tellement incroyable », dit-elle avec un rire nerveux. « Maintenant, laisse-moi partir. Braiden nous regarde à travers ses doigts. Il est gêné. »

Je la posai doucement par terre, pour aller murmurer à l'oreille de Braiden un petit secret que seuls lui et moi allions garder. Le sourire que je portais était le témoin de mon bonheur. Brooke y répondit sans avoir la moindre idée de ce que j'avais dit à mon fils.

« Tu aimes le chou ? » Elle sortit du frigo des trucs vert clair.

« Pas sûr. » Je m'approchai d'elle pour le sentir. « Il n'y a pas d'odeur, n'est-ce pas ? »

« Seulement quand tu le prépares. » Elle plissa le nez. « À la réflexion ce n'est peut-être pas une bonne idée. Mon frère a toujours des gaz après avoir mangé du chou et je vais dormir avec toi ce soir.

Je ris et lui tapota les fesses. « Est-ce que tu insinues que je risque de te faire fuir de la chambre avec mes pets ?

Elle rit et hocha la tête en remettant les choses en place. « Je parie que tu le feras. Ma mère nous a fait une recette au chou un soir quand nous étions enfants. Plus tard dans la même nuit, Brad nous a bombardés quelques heures après le dîner. Nous étions tous en train de regarder un film à la télévision, quand la digestion du chou a commencé faire effet. » Elle sortit un truc jaune et me le lança. « Tu peux couper ça en morceaux, et nous le mélangerons avec les poitrines de poulet aussi coupés en morceaux, et nous aurons un bon vieux sauté de viande et légumes pour le dîner. »

Le sourire refusait simplement de quitter mon visage ce soir-là alors que nous préparions le dîner et nous comportions comme une vraie famille. C'était grâce à Brooke que tout cela était possible elle avait fait de nous une famille. Sans elle, il y aurait juste mon petit garçon et moi.

31

BROOKE

Pour la deuxième fois cette semaine, nous dormions encore tous les trois dans le lit de Gannon. Je me réveillai avec les pieds de Braiden coincés dans le dos. Je bougeai, et je ne pus me retenir de gémir, mon corps était un peu meurtri.

Le petit garçon dormait sur le côté, et il était agité, tandis que je ressentais ses petits pieds dans mon dos, Gannon lui, devait avoir le côté le plus doux, sa tête. Je m'extirpai péniblement du lit, m'étirant et bâillant je me sentais plus épuisée qu'au moment du coucher.

Je me retournai, en me frottant les yeux, qui furent attirés par la lumière de la salle de bain qui était allumée alors que la porte était grande ouverte. La place de l'autre côté de Braiden était vide.

Gannon était parti.

J'entrai dans la salle de bain, pensant que je pourrais le trouver là. Mais ce n'était pas le cas. Je n'y trouvai qu'une serviette humide qui suggérait que Gannon s'était douché et des cintres vides me disaient qu'il s'y était habillé. Mais où diable était-il passé ?

Je retournai dans la chambre pour attraper mon smartphone pour voir s'il m'avait laissé un message, mais ce n'était pas le cas. Il était dix heures du matin. Je ne savais pas comment Braiden et moi avions pu dormir aussi tard.

Je devais être plus fatiguée que je ne le pensais par les coups de pied de Braiden pendant la nuit. Gannon a dû échapper à la bataille en se levant plus tôt ce matin-là. Il était probablement quelque part dans la maison, parlant à Samson ou à Josh.

J'ouvris la porte pour traverser le couloir et rapporter des vêtements, Josh était dans le couloir, assis sur une chaise il lisait un livre. « Bonjour, madame. »

Passant ma main dans le désordre de mes cheveux, je baissai les yeux, embarrassée, car je portais un t-shirt de Gannon et un boxer. « Bonjour, Josh. » Je me dirigeai dans ma chambre et attrapai mes vêtements.

Les fenêtres avaient été réparées, les débris de verre nettoyés. Tout était rentré dans l'ordre. Mais j'étais toujours anxieuse d'être dans la pièce où les balles avaient sifflé. Je regardai le mur où les balles s'étaient logées et je vis que les trous étaient toujours là. Cela serait probablement réparé aujourd'hui, sans doute.

Après avoir rassemblé toutes nos affaires, et je pris mon savon, mon shampoing et mon après-shampoing, avant de retourner dans la chambre de Gannon. Braiden dormait profondément, il semblait très heureux, il avait tout le lit à lui tout seul.

Il dormait confortablement et je sentis qu'il me fallait faire vite pour me préparer avant qu'il ne se réveille. Après avoir pris une douche rapide et enfilé un jean, un t-shirt et des tennis, je mis mes cheveux mouillés en queue de cheval et mis un peu de crème hydratante sur le visage. Je savais que nous n'irions nulle part ce jour-là non plus, donc autant être à l'aise.

En ouvrant la porte de la salle de bain, je vis Braiden commencer à s'asseoir, en se frottant les yeux et en gémissant un peu. Il semblait qu'il n'avait pas tellement bien dormi non plus, certainement épuisé d'avoir essayé de me jeter hors du lit.

« Bonjour, mon grand garçon. » Je me dirigeai vers lui, le prenant dans mes bras et le portant dans la salle de bain. « Tu as bien dormi, Braiden ? »

Il hocha la tête et cette fois, en acquiesçant. »

« Braiden ! Oh, c'est super ! » Ce n'était pas grand-chose, c'était juste un murmure, mais c'était quelque chose de plus qu'un simple hochement de tête. Il faisait de grands progrès avec le temps.

Je savais qu'être loin de sa mère devait être traumatisant pour le jeune garçon. Et être dans un nouvel endroit aussi. Et tous les changements, une nouvelle maison, un père, une autre femme s'occupant de lui, tout le personnel, cela devait être dur.

Malgré tout cela, le petit garçon avançait, apprenant de nouvelles choses tous les jours, se développant, malgré tout ce qui lui était arrivé. Mon cœur se gonflait de douleur alors que je lui brossais les dents.

Comment sa mère avait-elle osé faire cela ?

Blesser d'autres personnes intentionnellement n'avait aucun sens pour moi. Tant de mauvaises choses s'étaient passées, totalement hors du contrôle de quiconque. Je ne pourrais jamais comprendre les personnes qui décidaient délibérément de faire du mal à quelqu'un. A leur propre enfant ? C'était inconcevable pour moi.

Le garçon qui était assis sur le meuble, me laissant nettoyer ses petites dents, était non seulement adorable, mais aussi très attachant, généreux et si mignon.

Comment pouvait-elle lui faire ça ?

Après l'avoir lavé et l'habillé, je partis avec lui retrouver son père. Je trouvai Josh toujours dans le couloir et il se leva, nous voyant habillés et prêts à commencer la journée. Silencieusement, il nous suivit alors que nous allions à la cuisine.

Je n'ai constaté aucune preuve sur le fait que Gannon ait pris le café ou le petit-déjeuner et que Samson n'était pas là, je ne pus m'empêcher de demander : « Est-ce que Gannon et Samson sont partis ?

Josh me regarda un instant comme si on lui avait demandé de ne rien me dire. Mais ensuite il détourna la tête. « Samson et lui sont allés en ville. »

J'étais un peu choquée qu'il nous ait laissés seuls, il avait pourtant dit qu'il ne le ferait pas tant que le tireur ne serait pas derrière les barreaux.

Le tireur avait-il été attrapé ?

« Est-ce qu'ils l'ont attrapée ? » Demandai-je alors que je préparais le petit-déjeuner de Braiden après l'avoir mis dans sa chaise haute. Nous l'avions déplacé dans la cuisine pour pouvoir le surveiller pendant que nous cuisinions.

« Non. » Josh prit place au bout de l'îlot, ouvrant de nouveau son livre. « Aucune empreinte n'a été trouvée autour des fenêtres. Aucune raison de la soupçonner. »

Il ne me donna aucune autre information, je décidai donc de parler avec Braiden pendant que je cuisinais ses flocons d'avoine. Mais cela ne m'aida guère à ne pas penser à Gannon et à ce qu'il faisait.

Pourquoi était-il parti sans me dire un mot ?

Il devait être parti faire quelque chose qu'il savait que je n'approuverais pas. Il allait probablement se mettre dans une situation dangereuse. Je sentais que ça devait être ça.

Sinon, pourquoi nous aurait-il laissés seuls ici ?

Josh était là, et je savais qu'il y avait toujours des gardes tout autour de la propriété et à la porte. Mais il avait dit qu'il resterait avec nous jusqu'à ce que tout soit fini. Mais ce n'était pas fini, selon Josh.

Après avoir préparé la bouillie d'avoine et découpé des fraises bio je pris le temps de nourrir Braiden, tout en discutant avec lui. Je me concentrais pour ne pas poser toutes les questions que j'avais en tête à Josh, je ne voulais pas l'agacer avec toutes mes questions stupides.

Mais il remarqua mon silence, il reposa le livre et me regarda. « Ça va, madame ? »

L'homme avait au moins dix ans de plus que moi. C'était ridicule de m'appeler madame. Je posai ma main sur la hanche et le regardai droit dans les yeux. « Josh, ne pensez-vous pas que m'appeler madame est un peu exagéré ? »

Il haussa les épaules. « Comment devrais-je appeler la petite amie de mon patron ? »

Cette réponse me coupa le souffle. Il savait pour nous.

Bien sûr qu'il était au courant !

J'étais vraiment une idiote. Il nous avait vus pratiquement nus par terre dans la chambre de Braiden la nuit où les coups de feu avaient été tirés. Que pouvait-il penser d'autre ?

Je déglutis difficilement, hochai la tête et me mis au travail, nettoyant tout après avoir donné une cuillère en bois à Braiden pour qu'il joue avec, ou plutôt pour qu'il puisse la cogner sur le plateau de sa chaise haute. Il avait l'air très heureux de ce nouveau jouet, ce qui me permit de consacrer un peu de temps au nettoyage.

Quand tout fut fini, je me saisis d'une bouteille d'eau dans le frigo, pris l'enfant et me dirigeai vers la salle de jeux. J'allais me concentrer sur lui et travailler avec lui aujourd'hui.

Cela m'aiderait à ne plus penser à Gannon et à ce qu'il préparait.

Josh nous avait suivis jusqu'à la salle de jeux et s'était assis dans le coin le plus éloigné et s'était remis à lire son livre. Je sortis les blocs de lettres et de chiffres et je m'assis sur le sol avec Braiden.

Levant un bloc, je pointai la lettre. « Ceci est la lettre B. sais-tu quel mot commence par la lettre B ? »

Braiden se mit à rire comme si j'avais raconté une blague et il me prit le bloc et le jeta par terre. Mais ensuite il fit quelque chose d'incroyable. Il me regarda, regarda autour de la pièce. Puis un sourcil se leva alors qu'il ne demandait « Pa ?

Mon cœur faillit exploser de bonheur. Je l'attrapai et le serrai dans ses bras. « Pa ! Tu as dit un mot, Braiden !

Il se mit à rire et à s'agiter, jusqu'à ce que je le relâche. Puis il demanda encore : « Pa ?

Je riais alors que des larmes coulaient sur mes joues. « Je ne sais pas où est ton père. Je vais essayer de l'appeler pour que tu puisses lui demander toi-même.

Je sortis mon smartphone de la poche arrière de mon jean et j'appelai Gannon. Où qu'il soit, il aimerait entendre son fils parler pour la première fois.

Gannon me répondit aussitôt. « Salut bébé. »

Je mis le téléphone sur haut-parleur pour que Braiden puisse entendre son papa. « Salut bébé. Quelqu'un voulait te parler.

« Qui est-ce ? » Demanda Gannon avec un petit rire.

Les yeux de Braiden s'éclairèrent et il vint s'asseoir sur mes genoux en regardant l'écran, s'attendant à voir son père, mais ne le trouvant pas. « Pa ? Pa ?

« Oh mon Dieu ! » s'écria Gannon, ravi. « Braiden ? C'est toi mon pote ? Fiston, je suis si fier de toi ! »

Braiden était si heureux, qu'il sauta de mes bras et se mit à répéter son nouveau mot à tue-tête. "Pa", encore et encore.

Les larmes coulaient sur mon visage. "Est-ce que ce n'est pas incroyable, ça ?"

« Mon dieu, j'aimerais tant être là pour le voir. » Il soupira et resta silencieux un instant.

« Où es-tu, Gannon ? » je finis par demander. Cela me rendait folle de ne pas savoir.

Mais la réponse de Gannon ne vint pas, il resta silencieux.

Ce n'était pas bon signe.

32

GANNON

Je pouvais entendre Brooke respirer alors que je restais assis là, ne sachant pas quoi lui dire.

Si elle savait que je m'étais mis dans une situation potentiellement dangereuse, elle serait inquiète. Et elle serait inquiète jusqu'à ce que je sois près d'elle.

Assis là, abasourdi, Samson se pencha et me poussa du bras. « Ça bouge. »

« C'était Samson ? » Demanda-t-elle. « Gannon, qu'est-ce que tu fais ? »

« Ça va aller. Si tout se passe bien, aujourd'hui, tout sera finit bébé. Je dois partir. »

« Non ! » Aboya-t-elle. « Gannon, où es-tu ?

« Bébé, je dois y aller. Je te raconterai tout...

« Il passe par la porte sur le côté », m'interrompit Samson. « Vous devez appeler votre équipe et leur faire savoir qu'ils doivent sortir de là. »

« Bébé, je dois y aller. Je t'aime. Dis à Braiden que je l'aime aussi. Lui dis-je mettant ainsi, fin à la conversation.

Je me sentis complètement idiot, d'avoir fini la conversation de cette manière. Mais je ne savais pas quoi faire d'autre. Je savais qu'elle me demanderait plus d'informations. Mais elle n'avait pas besoin de savoir cela.

Car si je la mettais au courant de ce que je faisais, elle me demanderait de rester en dehors de tout ça et de laisser les flics et mes enquêteurs se débrouiller. Mais je ne pouvais pas faire ça. Je devais le voir de mes propres yeux. Je voulais affronter la femme qui voulait ma mort et qui utiliserait notre fils pour obtenir tout ce que je possédais.

J'appelai le chef d'équipe qui se trouvait à l'intérieur du bâtiment, qui me répondit aussitôt. « Oui patron ? »

« Ne paniquez pas », dis-je.

« Oh, patron, c'est pas terrible comme début de conversation. » Il ne riait pas, il savait que quelque chose de grave allait arriver.

« Faites sortir tout le monde de là. Mais faites-le discrètement. Dites que vous les laissez aller déjeuner. Assurez-vous que tout le monde sorte par l'avant. Quelqu'un est entré par la porte latérale. Je ne veux pas que quiconque interagisse avec cette personne. Ne fermez pas les portes en partant, compris ?

« Compris, patron. » Il mit fin à l'appel et je me concentrai pour voir ce qui allait se passer.

Samson et moi étions assis dans sa Ford Focus avec des vitres foncées. C'était une voiture parfaite pour se fondre dans les environs. Personne ne remarquait jamais ce genre de voiture, qu'on pouvait trouver à la pelle sur les routes. La seule différence entre celle que Samson conduisait et les autres se trouvaient sous le capot. Le moteur de la voiture de Samson était un monstre. Il pouvait distancer à peu près n'importe qui avec le moteur qu'il avait fabriqué sur mesure.

Tout le monde sortit de l'immeuble. Tous avaient l'air heureux de déjeuner plus tôt. Et quand je vis le chef d'équipe sortir, je sus qu'il était le dernier à sortir du bâtiment. « C'était le dernier, Samson. C'est bon, ils peuvent entrer. »

Samson donna le feu vert via le talkie-walkie aux policiers qu'il avait personnellement sélectionné pour travailler avec nous. Deux voitures de police banalisées se mirent en mouvement, sortant de l'endroit où elles s'étaient garées en attendant.

Samson avait mis des agents en filature sur Cassandra. Quand elle avait été aperçue tôt ce matin avec un homme qui portait un bandage autour de son biceps droit, ils avaient compris. Et c'est à ce moment-là qu'ils les avaient vus sortir de chez elle. L'homme portait un trench-coat et elle portait un sac en papier brun. C'est la façon dont elle transportait ce sac qui leur mit la puce à l'oreille. Elle était excessivement prudente avec le colis alors qu'elle montait du côté passager de la voiture garée près de l'entrée latérale de la discothèque.

Quand Samson m'avait envoyé un texto tôt ce matin-là, j'avais sauté du lit pour le rejoindre. Je voulais absolument être là. Je voulais la regarder dans les yeux, lorsqu'elle se serait arrêtée.

Le temps semblait passer au ralenti, au fur et à mesure que les voitures banalisées de la police entraient de plus en plus dans la cour. Une des voitures s'était garée de manière à bloquer la vue de l'avant du bâtiment à Cassandra.

Nous savions qu'elle devait faire le guet. Mais elle serait aveuglée, et ne verrait pas si quelqu'un entrait à l'intérieur. Tandis que les policiers entraient par les portes d'entrée non verrouillées.

Vêtus de leurs uniformes, quatre policiers sortirent des voitures garées de chaque côté de la sienne. Ils sortirent et se retrouvèrent sur le trottoir, juste devant sa voiture. Une autre voiture banalisée s'arrêta derrière elle et un autre policier, vêtu d'un costume. Il sortit et appela les autres, agissant comme s'ils étaient ensemble et qu'il n'avait aucune idée de l'endroit où il devait se garer.

En réalité, sa voiture était encerclée et il lui était impossible de s'échapper.

Cassandra en prit conscience et ouvrit sa porte, sortant et regardant tous les hommes. Je baissai un peu la vitre pour pouvoir l'entendre. « Excusez-moi, messieurs. Je pars bientôt. » Elle regarda l'homme qui l'avait bloquée. « Pouvez-vous vous déplacer, s'il vous plaît ? Une fois que mon ami sera sorti, nous devons nous dépêcher pour aller à notre prochaine réunion. «

"Bien sûr, madame", dit l'officier avec un sourire. "Y a-t-il des places de parking là-bas ? Je n'arrive pas à en trouver une où que ce soit. »

« Non, je ne peux pas en voir, d'ici. » Elle se frotta le front, contrariée. La tête basse, elle ne remarqua pas que les autres hommes qui se trouvaient sur le trottoir, se dirigeaient vers elle.

Leur plan avait extrêmement bien fonctionné. Ils l'avaient fait sortir de la voiture, où se serait beaucoup plus facile de l'arrêter. L'un d'eux s'était glissé de l'autre côté de la voiture et s'était approché d'elle.

Faisant comme s'il essayait d'aider son ami, cet officier déclara : « Je pense qu'il pourrait y en avoir une là-bas. » Il pointa du doigt dans cette direction, et fit comme s'il cherchait quelque chose.

Les trois autres, qui se rapprochaient de Cassandra par-derrière, réussirent à l'amener à se rapprocher un peu plus de la voiture pour pouvoir passer. L'un d'entre eux poussa la portière de la voiture et s'interposa entre Cassandra et la voiture. Les deux autres étaient juste derrière elle et soudain, elle paniqua lorsqu'elle réalisa qu'elle était coincée à l'extérieur de la voiture et que l'autre voiture la bloquait toujours.

Puis la porte latérale de mon club s'ouvrit et l'homme qui l'avait accompagnée, sortit encadré de deux policiers en uniforme. « C'est elle qui a tout organisé ! » Cria-t-il ?

Quatre paires de mains l'attrapèrent alors qu'elle essayait de s'échapper. L'un d'eux lui poussa premièrement la tête la première, contre la voiture. Un autre officier commença à lui lire ses droits.

Le choc se lisait sur son visage, tandis qu'elle regardait autour d'elle, hébétée et confuse. « Quoi ? »

Son ami continuait de hurler pour la faire accuser : « Elle m'a demandé de tout faire. Cassandra Harrington m'a fait prendre des photos du père de son enfant cette nuit-là. Elle m'a fait installer des bombes dans le club pour inciter la police à penser que c'était quelqu'un d'autre qui menaçait Gannon Forester et leur fils, Braiden Forester.

« Tais-toi, idiot ! » Cria-t-elle ?

« Je ne me tairai pas », lui cria-t-il. « J'ai pris une balle pour toi et tu ne m'as jamais dit que tu étais désolée. Et je veux bien dire qu'elle voulait que je tire sur cet homme, mais je ne voulais pas. Je ne pouvais tout simplement pas. J'ai pris conscience. Et la bombe que je viens de poser n'explosera pas. Je voulais juste faire semblant de faire ce qu'elle voulait. C'est une vieille horloge que j'ai trouvée dans un tuyau en plastique.

Je regardai Samson. « Pouvons-nous sortir maintenant ? »

D'un signe de tête, il acquiesça, et je sortis de la voiture pour me rendre vers l'officier qui tenait Cassandra. Son acolyte me vit et s'exclama : « Hé, Gannon ! Cela fait un an qu'elle planifiait tout ça. Elle voulait tout ce que tu avais. Elle savait que le gamin était son seul moyen de l'obtenir.

Elle se tourna alors vers moi. Ses yeux étaient grands ouverts et son mascara avait coulé. « C'est un menteur. C'est lui le cerveau derrière tout cela. C'est lui qui a tout fait. Ne le crois pas ! »

Je secouai la tête et la regardai droit dans les yeux sombres. « Tu ne reverras jamais mon fils. Je vais te faire déchoir de tes droits parentaux. Mon fils a une vraie mère maintenant. Une femme qui l'aime et en a fait sa priorité avant tout. Et tu vas pourrir en prison. Je vais m'en assurer.

« Gannon, non ! S'il te plaît ! » Ses supplications ne firent que m'énerver encore plus. « Mes avocats vous verront au commissariat, où ils veilleront à ce qu'elle soit jugée pour tous les crimes qu'elle a commis. » Je me tournai pour partir et Samson me suivit.

C'était enfin fini.

33

BROOKE

Mécontente de la façon dont Gannon m'avait raccroché au nez, je décidai de jouer avec Braiden pour essayer de me concentrer sur autre chose que lui et ses plans.

Lorsque le smartphone de Josh sonna, je relevai la tête et le vis prendre l'appel. Il parlait tout doucement. « Oui patron, c'est Josh. »

Il y eut une série de grognements, d'acquiescements, sans que Josh ne parle vraiment beaucoup. Je retournai jouer avec Braiden, sachant que je n'allais pas être mise au courant.

Je levai les yeux quand Josh se leva et commença à marcher vers la porte. « Au revoir, madame. C'était agréable de travailler pour vous. »

Mon cœur s'arrêta. Ça devait vouloir dire que tout était fini.

Je me levai pour prendre Braiden et me dirigeai vers lui. C'était elle ? Ils l'ont eu ?

Il acquiesça et sortit. « Oui. »

Je ne savais pas comment réagir. Je voulais sauter de joie et crier mon soulagement parce qu'ils avaient réussi à mettre hors d'état de nuire cette sorcière. Mais je ne pouvais cependant pas le faire, elle était, après tout, quand même la mère de Braiden.

Le pauvre gosse. Sa mère allait passer une bonne partie de sa vie en prison pour ce qu'elle avait fait. Et je ne voulais pas qu'il se souvienne que j'avais sauté de joie et célébré cet horrible événement.

Monstre ou pas, elle était sa mère et le serait toujours.

Le départ de Josh avait déclenché le retour du personnel. Ils s'étaient tous remis au travail très rapidement. Tout le monde avait demandé de nos nouvelles avec respect et gentillesse.

J'avais du mal à contenir mes émotions, je n'avais qu'une seule hâte, c'était que Gannon revienne pour tout me raconter dans le détail. J'aurais pu appeler, mais je ne voulais pas le déranger. Je savais qu'il devait être très occupé à s'assurer que Cassandra soit remise à la police.

Mais une heure s'écoula, puis une autre, sans aucune nouvelle de Gannon. Je pris Braiden dans mes bras et l'emmenai dans sa chambre, il avait besoin de faire la sieste après le déjeuner. En arrivant dans sa chambre, je vis des hommes travailler sur les impacts de balle dans les murs de sa chambre et de la mienne. Je l'emmenai donc dans la chambre la plus proche pour faire une sieste.

Il était fatigué, il frottait ses petits yeux bleus et s'appuyant lourdement contre moi. Enlevant ses chaussures, je le posai sur le lit et tirai la couverture sur lui alors que je lui chantais une berceuse.

Comme il était déjà à moitié endormi, il ne lui fallut que quelques minutes pour s'endormir. Je récupérai le moniteur pour bébé dans sa chambre, ainsi que celui que j'avais dans la mienne.

De retour dans la chambre d'amis, je branchai le moniteur et je me dirigeai dans le couloir, ne sachant pas où aller. La porte de la chambre de Gannon était ouverte et j'avais déjà vu le service de nettoyage y travailler. Il y avait une autre chambre en face de celle dans laquelle je venais de mettre Braiden. Faisant contre mauvaise fortune bon coeur, je décidai de m'y installer en attendant.

« Où vas-tu, bébé ? » dit une voix grave dans mon dos.

Je me retournai pour voir Gannon venir vers moi. Soudain submergée par l'émotion je courus vers lui, me jetant dans ses bras alors que les larmes coulaient sur mes joues. « Gannon ! Tu vas bien. »

Je savais qu'il allait bien. Josh me l'aurait dit s'il en était autrement. Mais ce petit doute avait eu du mal à me quitter. Mais il allait bien et il était chez lui. Et tout était fini.

Sa grande main passa dans mes cheveux alors que ses lèvres rencontraient ma joue. « Je vais bien. C'est fini, bébé. Elle sera en prison pour très longtemps. Elle va être privée de ses droits en ce qui concerne Braiden. Il n'aura pas besoin de savoir que cette femme est sa mère. Il n'entendra tout simplement jamais parler d'elle.

Je ne savais pas quoi dire. J'avais des sentiments mitigés à propos de cela. Mais je ne voulais pas y penser tout de suite. Il était le père de Braiden. C'était à lui de prendre ce genre de décision.

« Je suis tellement heureuse que tu sois rentré, Gannon. » Je l'embrassai et sentis ses lèvres bouger en un sourire.

« Ma chambre est en train d'être nettoyée. Pourquoi est-ce que toi, moi et le moniteur bébé n'irions-nous pas dans cette pièce là ? » Sa main glissa le long de mon bras, me poussant gentiment vers la pièce où j'avais l'intention de me rendre.

Lorsqu'il ouvrit la porte, je découvris une pièce qui ressemblait beaucoup à celle dans laquelle il m'avait installé. Mais il n'y avait pas de fenêtre, il s'agissait d'une pièce intérieure. Il faisait nuit une fois qu'il avait fermé la porte.

Je voulais brancher le moniteur et je me penchai pour le faire quand je sentis ses bras se poser sur ma taille. Il me repoussa gentiment contre le lit, après que j'ai réussi à brancher le moniteur. « Il est en train de faire une sieste, n'est-ce pas ? »

Je hochai la tête alors qu'il retirait mes chaussures. « Je pense qu'il devrait dormir environ une heure. »

« Et bien, je suppose que nous devrions faire vite et bien alors. » Il défit mon jean et le retira aussi.

« Oh, vraiment ? » Je me redressai pour qu'il puisse me débarrasser de mon t-shirt et souris. « Ensuite, puis-je appeler ma mère et lui confirmer que nous serons bien là demain pour Thanksgiving et mon anniversaire ?

Tout était fini. Il n'y avait plus de danger. Nous n'avions plus aucune raison de ne pas y aller maintenant.

Il enleva ma chemise et ensuite mon soutien-gorge, se saisissant amoureusement de mes deux seins. « Tu ferais mieux de la prévenir, oui. J'ai hâte de tous leur rencontrer. »

Je soupirai de soulagement. Il allait venir avec moi. Je savais à présent que je n'aurais jamais dû en douter.

Il prit un de mes mamelons entre ses lèvres et se mit à le suçoter, me faisant déjà gémir de plaisir. Ma culotte était déjà humide. Mais il ne tarda pas à m'en débarrasser, ses doigts plongeant dans les plis de mon sexe.

Lentement, il fit voyager sa bouche le long de mon corps, embrassant chaque millimètre carré de ma peau. Je le regardai alors qu'il descendait vers l'endroit où je savais que sa bouche ne me ferait plus penser à rien.

Ses lèvres touchèrent mon clitoris, sa langue humide et chaude le léchait paresseusement. Ses mains caressaient mes cuisses alors qu'il m'embrassait et me léchait.

Ma tête tournait sous toutes ses attentions. Je n'avais aucune idée de la manière dont j'avais pénétré le cœur de cet homme. Je ne savais pas pourquoi il m'avait choisi parmi tant d'autres. Mais j'étais tellement heureuse qu'il l'ait fait.

Même si cela ne durerait pas éternellement. Au moins, il avait su me montrer à quoi ressemblait l'amour.

Mais la pensée que cela ne durerait pas éternellement s'immisça dans ma tête, et je découvris avec surprise que mes yeux brûlaient de larmes.

La sensation de ses mains qui agrippaient mes cuisses et les écartait me fit revenir à l'instant présent. Il se baissa, m'embrassant et me léchant. Puis sa langue rentra en moi à l'envers, et je gémis encore plus fort, serrant les poings dans ses cheveux noirs.

Tandis qu'il déplaçait sa longue langue à l'intérieur de moi, mon esprit revint aux tristes pensées qui m'avaient troublé quelques secondes auparavant. Quand notre relation allait-elle se terminer ?

Peut-être quand Braiden irait en maternelle. Peut-être alors, il faudrait que cela se termine.

Gannon bougea un peu, sa langue encore à l'intérieur de moi, mais maintenant son menton à moustaches frottait mon petit bouton, et je ne pouvais plus penser à autre chose. Je ne pouvais que ressentir, et ce que je ressentais était hors de ce monde.

« Oh, bébé, oui... » Je gémis.

Il continua de me lécher, me faisant finalement atteindre l'orgasme, je fis de mon mieux pour rester silencieuse, je ne voulais pas être entendue. Mais c'était plus difficile que je ne pensais. Essoufflée, je tentais de me calmer, tandis qu'il extirpa sa tête d'entre mes cuisses, pour venir chercher de l'air.

Il se leva promptement, et se mit à se déshabiller devant moi. Encore une fois, je ne pus m'empêcher de m'émerveiller à force de voir son corps magnifique. Il était tout à moi. Au moins pour l'instant, il était tout à moi.

Je lui tendis mes bras et il y entra, allongeant son corps contre le mien, pressant son genou entre mes jambes pour les écarter pour lui.

Il appuya sa grosse bite contre moi, avant de me prendre doucement, mais avec détermination. « Oh, bébé, tu es faite pour moi. » Des lèvres douces trouvèrent les miennes et il commença son lent mouvement de va-et-vient.

Chaque fois que lui et moi étions ensemble dans cette position, j'avais l'impression de flotter. Je ne sentais plus le lit sous moi ou l'oreiller sous ma tête. Je ne ressentais que lui et la connexion incroyable qui faisait que nous ne faisions alors, qu'un.

Mes mains coururent sur son dos musclé, et je me pressai contre lui, voulant que ça continue encore et encore.

Il n'y avait personne d'autre dans le monde, juste nous deux. Et tous les deux, l'un dans l'autre, nous étions complets.

J'avais entendu des gens dire des choses que je considérais comme des banalités : « Je ne sais pas où il finit et où je commence », et c'est ce que je ressentais. Les sensations qui me traversaient défiaient l'imagination.

Sa bouche me caressa le cou, me mordit puis me suça au même endroit. Cela avait pour effet d'envoyer des frissons dans ma chatte, et je gémis à chaque fois que sa bouche se posait sur moi.

L'orgasme me faisait atteindre des sommets, si hauts, tellement hauts. Jusqu'à ce qu'il n'y ait rien de plus haut. Et tout explosa en une myriade de sensations faisant pleuvoir des milliards d'étoiles de plaisir sur mon corps. Mon corps n'en pouvait plus. Je frissonnais, gémissais et grognais lorsque tout se termina.

Son corps aussi avait été secoué par cette sensation de plaisir incroyable et surpuissante. Détendu après une telle intensité, il murmura : « Tu es à moi, Brooke. Je t'aime. »

J'étais à lui. Une partie de moi le sera toujours. Il avait raison à ce sujet. Mais une partie de lui sera toujours à moi aussi. C'est quelque chose à laquelle nous pourrons nous accrocher, lorsque tout serait terminé.

34

GANNON

Cela aurait été mentir que de dire que je n'étais pas nerveux. J'étais nerveux. Mais plus encore que la nervosité, un autre sentiment bien plus puissant s'était emparé de moi : la détermination.

Nous étions devant la modeste maison de sa famille à Napa Valley. Outre ma Jaguar, la Lamborghini rouge de Brad se démarquait parmi les autres voitures classiques garées le long du trottoir de la maison à deux étages de sa famille.

« Combien de personnes y a-t-il ici, Brooke ? » J'essayais de ne pas utiliser les mots doux que j'employais pour lui parler lorsque nous étions à la maison. C'était difficile, mais j'avais réussi à m'y tenir jusque-là.

En fait, c'est Brooke qui continuait à m'appeler « bébé » toutes les cinq minutes quand elle me parlait. « Des tonnes », ses yeux scrutèrent les parages quand nous sortîmes de la voiture et j'ouvris la porte derrière la mienne pour faire sortir Braiden de son siège auto, « peut-être vingt, je ne compte pas. Ne sois pas impressionné par la taille de ma famille, bébé. »

« D'accord. » Je pris Braiden alors qu'elle se penchait derrière le sien pour récupérer son sac à langer. Bientôt il n'en aurait plus besoin, puis qu'il était, selon elle, prêt à utiliser les toilettes comme un grand garçon.

Nous n'étions même pas arrivés à la porte que sa mère ouvrit à la volée pour sortir de la maison. « Vous êtes enfin là ! » Dit-elle en se dépêchant de venir à notre rencontre, attrapant Brooke et la prenant dans ses bras ? Puis elle regarda Braiden. « Oh mon Dieu ! » Elle lui pinça les joues, le faisant rire. « Tu es si adorable ! » Elle me sourit et me fit un clin d'œil. « Il est clair qu'il tient cela de son papa. Salut Gannon. C'est un plaisir de vous rencontrer enfin. Brad nous à si souvent parler de vous, que c'est comme si nous vous connaissions tous déjà. Je m'appelle Barbara, mais tout le monde m'appelle Babs. » Elle ouvrit les bras. « Tu veux venir avec Grand-mère, Braiden ? » Puis elle sortit un biscuit de la poche de son tablier pour l'attirer. « J'ai des biscuits. »

Braiden ne réfléchit pas une seule seconde et se jeta dans ses bras. Elle passa devant et je la suivis ainsi que Brooke. Il était difficile de ne pas passer mon bras autour d'elle, j'avais instinctivement failli le faire. « Tiens, donne-moi ton sac, Brooke.

Comprenant ce que j'avais failli faire, cela la fit sourire. « Tiens patron. »

Je lui fis un clin d'œil. « Merci, chère nourrice. »

Je ne pouvais pas m'empêcher d'aimer la façon dont sa mère avait demandé à Braiden de l'appeler Grand-mère. C'était un bon début.

La maison était comme prévue, pleine à craquer. Sa mère s'était arrêtée juste à l'entrée pour commencer les présentations. « Très bien, tout le monde, taisez-vous et écoutez, » commença sa mère. « Voici Braiden. Son père, qui est grand et beau derrière moi, s'appelle Gannon Forester. Vous avez peut-être entendu Brad se vanter de le connaître une ou deux fois.

Un jeune homme dans le coin intervint : « à chaque fois que quelqu'un lui parle ! » Des éclats de rire suivirent, faisant trembler le salon.

Babs poursuivit : « Ce jeune homme s'appelle Bobby, c'est le cousin de Brooke. Il vient de la famille de mon mari. Ils n'ont pas de filtre, alors faites attention à Oncle Bob, à la tante Lou, à leurs fils Bobby et Kenny, et à leur petit chien, Toto. Ce sont tous des gens qui parlent à tort et à travers. » Un autre tonnerre de rire m'indiqua qu'ils avaient tous un solide sens de l'humour.

Venant d'une autre pièce, je vis Brad entrer, suivi par l'homme qui devait être son père, car il ressemblait à une version plus ancienne de mon vieil ami. « Salut Gannon. » Brad fit un signe de la main. « Tu as accepté le défi que Brooke t'a lancé ? »

Avec un haussement d'épaules, je dis : « Je n'appellerais pas ça un défi. C'est plus, une très belle invitation à passer les vacances avec sa grande famille. Et je suis extrêmement content qu'elle m'ait invitée. On dirait que ça va être deux jours très amusants. »

Brad rigola alors que son père et lui se frayaient un chemin, contournant la foule qui remplissait le salon pour nous rejoindre. « Ça devrait, en effet, être amusant, acquiesça Brad.

Son père me tendit la main que je pris avec une poignée de main ferme. « Benjamin Moore, comme l'entreprise de peinture. Appelle-moi Ben, Gannon. C'est un plaisir de faire enfin ta connaissance. » Il me fit un clin d'œil puis reporta son attention sur mon fils. « Et qui est ce beau jeune homme que nous avons là ? »

Babs mit sa main dans son tablier et glissa à Ben un biscuit. « C'est Braiden, et il aime les biscuits, pops. »

Ben leva le cookie qu'il avait reçu et sourit à Braiden. « Oh regarde ce que pops a pour toi, petit Braiden. » Sans hésitation, Braiden s'apprêta à prendre ce biscuit, alors qu'il venait de terminer celui que Babs lui avait donné, et il se jeta dans les bras de Ben.

Babs me donna un petit coup dans les côtes, en souriant : « On va se battre pour plus que les cuisses de dinde en ce jour de Thanksgiving. »

« Je pense qu'il sera au paradis ici. » Je regardai Brooke, qui était radieuse. « Merci de nous avoir permis de venir avec lui, Brooke. »

Dos à la porte, avec sa mère qui se tenait devant nous, Brooke et moi étions un peu à l'abri des regards, et je sentis sa main sur mes fesses. Puis elle la posa sur mon dos. « Bien-sûr, Gannon. Tu fais partie de la famille. Je pensais que c'était évident ?

Tout se passait affreusement bien. On me présenta la sœur de Babs, Leah, son mari et Steve. Ils avaient deux enfants adultes, Laura et Andrew. Andrew était marié et l'heureux papa d'un enfant, puis il y avait un autre chien qui faisait partie de sa famille.

C'était comme un cirque chez eux. Plein de bruit, de rires, de gaieté, c'était merveilleux.

Nous avions fini par arriver au milieu du salon. Brooke avait dit que nous devions emmener Braiden dans sa chambre pour qu'elle puisse changer sa couche. Nous nous dirigions lentement dans cette direction, mais Babs avait décidé de continuer à faire les présentations.

J'entendis des pas dans l'escalier en bois qui descendait pour rejoindre l'extrémité du grand salon. « Alors, vous êtes enfin là ? »

Je levai les yeux pour découvrir une version plus âgée de Brooke qui descendait les escaliers. « Vous devez être Brianna », lui dis-je. « Je suis Gannon. Ravi de vous rencontrer. »

Elle s'arrêta là où elle était, attendant que nous montions. Ses yeux ne quittèrent pas les miens une seule seconde. « Je vais vous aider. » Elle regarda son père, qui tenait toujours mon fils. « Salut toi. »

Braiden regarda Brianna, puis revint à Brooke. Il était confus, elles se ressemblaient tellement. Quand Brianna lui tendit les bras, il s'y précipita. Elle se retourna et monta les escaliers avec lui alors que Brooke et moi la suivions.

« Je ne savais pas qu'elle et toi vous ressembliez autant, Brooke. » Je regrettai immédiatement mes paroles en croisant le regard sombre de Brooke. « Elle a cinq ans de plus que moi. Bien plus près de ton âge, murmura-t-elle en montant l'escalier derrière sa sœur. Mon fils regarda Brooke par-dessus l'épaule de Brianna avec une expression confuse.

Dans la chambre de Brooke, Brianna allongea Braiden sur la couette rose qui recouvrait le lit de Brooke. « Qu'est-ce que tu es mignon, Braiden ! Je pourrais juste te manger. » Brianna lui sourit alors qu'il la tenait par le visage, se demandant sans doute ce qui se passait.

Je posai le sac à langer sur le lit et Brooke l'ouvrit rapidement pour sortir une couche fraîche. « Viens-la que je m'occupe de toi mon petit trésor. »

Brianna se recula pour laisser Brooke s'occuper de lui et me regarda de haut en bas. « Vous êtes donc l'homme qui a aidé notre grand frère à s'enrichir. »Ses yeux se posèrent sur Brooke. « Et maintenant, vous vous assurez que notre petite sœur paye son université et qu'elle acquiert une expérience pratique. Certains pourraient vous appeler l'ange gardien de la famille Moore, Gannon Forester. »

« Ne sois pas dur avec lui, Brianna. » Brooke la supplia du regard alors qu'elle relevait Braiden pour arranger ses vêtements. « Sois gentille s'il te plaît. »

'Dure?' ricana Brianna.

Cela me fit rire aussi. « Elle est inoffensive, Brooke. Pas besoin de t'inquiéter pour moi », je plaisantai.

Brianna tendit le doigt en direction de la porte. « Somme-nous obligées de rejoindre le zoo de toute la famille ? »

Brooke hocha la tête. « Oui, Braiden est tout propre et prêt à affronter la foule. »

Faisant un pas en avant, Brianna se saisit de mon bras se dirigea vers la porte, Brooke nous suivait, emportant mon fils.

Je perçus la tristesse sur le visage de Brooke et décidai de rapidement régler le problème. « Oh, laisse-moi porter, Braiden. » J'enlevai mon bras puis me retournai pour prendre Braiden des bras de Brooke. En embrassant sa joue, je poursuivis : « J'ai l'impression que si je ne le porte pas maintenant, je risque de ne pas pouvoir le faire avant longtemps, avec tous ces gens qui veulent son attention. »

Brooke me fit un grand sourire alors que Brianna se dirigeait vers l'escalier. Le sourire de Brooke était tout ce dont j'avais besoin. Je m'arrêtai en haut des escaliers avant de descendre rejoindre sa famille.

Brooke s'était arrêtée juste derrière moi. « Ça va aller, Gannon ?

Je me retournai pour la regarder. « Tes yeux sont d'un bleu plus foncé, ce qui les rend beaucoup plus jolis. Ton nez a de légères taches de rousseur qui brunissent au soleil, et sur lesquelles j'adore poser mes lèvres. Son corps est tellement moins sexy que le tien. Et surtout, elle n'est pas toi, Brooke. » Je lui dis ces choses en murmurant et sa famille était tellement bruyante, qu'elle n'aurait pas entendu un hurlement. « Et c'est toi que j'aime, bébé. Juste toi. »

Elle rougit. « Je t'aime aussi. »

35

BROOKE

Le matin de Thanksgiving, la maison était un chaos invraisemblable. Maman, sa sœur et sa belle-sœur se disputaient pour savoir quelle recette préparer pour le repas du soir. Devant tant de folie, Gannon n'avait pas tardé à faire une offre que personne n'avait pu refuser. « Pourquoi ne pas aller prendre un tas de saucisses et des œufs et d'autres choses pour le petit-déjeuner ? » Il avait dû crier pour se faire entendre au-dessus des aboiements, de la télévision, d'Oncle Bob qui avait mis le son beaucoup trop fort et des femmes qui se chamaillaient en cuisine.

Nous étions dans le salon, mais leurs querelles avaient fini par nous parvenir aux oreilles.

Oui, allons-y, avait-on répondu à la question de Gannon, et avant que j'aie pu faire un seul geste, lui et Brad se dirigeaient déjà vers la porte. Et j'étais là, avec Braiden et le sentiment d'être laissée pour compte.

Je voulais aller avec Gannon.

Sortie de nulle part, Brianna se tenait à mes côtés. « Hé, petite sœur. Pendant qu'ils se chamaillent, toi et moi devrions commencer à dresser les tables sur la terrasse. Donne le bébé à papa.

La dernière chose que je voulais c'était de laisser Braiden. « Non.

Je vais l'emmener avec moi. Il y a une chaise haute dans le sous-sol. Je pense que c'est la mienne qui est toujours là-bas. »

« Qu'est-ce que tu racontes ? » Elle secoua la tête et tendit les bras à Braiden. Très naturellement, il sauta dedans. Puis elle le posa sur les genoux de mon père, qui était assis sur un comfortable transat. « Peux-tu t'occuper un instant de ce très mignon petit homme, pendant que Brooke et moi assemblons les tables pour le repas lorsque la nourriture arrivera ?

« Bien sûr, » dit pops en tendant les mains. « Tu veux regarder le défilé de Thanksgiving avec Pops, grand garçon ? » Braiden qui avait plongé la tête le premier dans ses bras, semblait très heureux de cette perspective.

Brianna me sourit, glissa son bras autour du mien et m'entraîna sur la terrasse pour préparer les tables. La matinée était encore froide, alors elle alluma les chauffages extérieurs pour que ce soit plus confortable.

« C'est tellement beau ici. » Je jetai un œil sur les vignes tentaculaires de la cave qui s'étalait derrière notre maison. Vivre à Napa Valley, avec son éventail vertigineux de paysages magnifiques, était comme vivre au paradis. Le climat y était tempéré, c'était comme vivre dans un petit coin d'Eden.

« Hey ! » me cria Brianna, « Tu as l'intention de donner un petit coup de main ou pas ?

Je lui souris et l'aidai à installer des tables que nous avions gardées dans un placard situé sur le côté de la terrasse, spécialement conçu pour ces grandes occasions. Une fois la dernière table dressée et la dernière chaise pliante en place, nous prîmes place. « C'est toujours, tellement de travail. » J'étendis les jambes et levai la tête pour me dégourdir le cou. Puis, un homme grand et beau entra dans mon champ de vision.

« Qu'est-ce que tu fais ? » demanda Gannon en plaçant deux sacs en papier brun sur la table à côté de moi.

J'essayai de répondre le plus calmement possible, malgré mon cœur qui battait la chamade. « Je reprends mon souffle, après avoir installé toutes les tables et les chaises. Braiden est avec pops.

« Cool. » Il lança un signe en direction de la voiture que mon frère avait garée juste devant. « Brad s'est garé ici. Je pense qu'il veut que sa Lamborghini soit la pièce maîtresse de Thanksgiving. »

Brianna se leva pour aller chercher plus de sacs dans la voiture. « C'est vraiment un fanfaron ! »

Sa remarque nous fit éclater de rire et je le surpris en train de regarder ma sœur s'éloigner. Je baissai les yeux. Peut-être qu'il jouait avec mes sentiments. Peut-être était-il toujours l'homme qu'il avait toujours été. Peut-être n'avait-il pas changé du tout.

Sa main attrapa mon menton et il releva mon visage. Ses lèvres effleurèrent à peine les miennes dans un rapide baiser. Puis nos yeux se sont rencontrèrent. « Dormir sans toi-même avec Braiden entre nous — était atroce. Promets-moi de ne plus jamais me faire faire ça, bébé. » Il se dépêcha de me laisser entrer pour dire à tout le monde que le petit-déjeuner était arrivé.

J'étais essoufflée et cramoisie, mon cœur menaçait de sortir par ma bouche.

Peut-être qu'il avait changé. Peut-être qu'il m'aimait vraiment.

La journée se traînait en longueur, comme d'habitude, le repas de Thanksgiving fut pris au déjeuner et mon anniversaire célébré à l'heure du dîner.

Brad et Brianna avaient une surprise spéciale pour moi et je devais rester en dehors de la cuisine pendant qu'ils la préparaient. C'était cool, gentil, génial, et tout ça. Mais mes frères et sœurs avaient attiré Gannon avec eux et ils étaient tous les trois dans la cuisine, en train de préparer un repas pour mon anniversaire. Je ne pouvais pas m'empêcher de craindre que Brianna ne me pique l'homme que j'aimais.

La nuit avait remplacé le jour et les lumières extérieures brillaient de mille feux alors que nous étions tous assis sur la terrasse. Les radiateurs nous gardaient bien au chaud, et l'ambiance était très relaxante. Mais je n'arrivais pas à me détendre.

Ma sœur — qui me ressemblait comme deux gouttes d'eau — était dans la cuisine avec Gannon !

Maman et papa murmuraient bien plus que d'habitude. C'était

bizarre et je me sentais de plus en plus laissée de côté alors que nous étions tous assis et attendions que le repas nous soit présenté.

Tout le monde était affamé, car le déjeuner était déjà loin. Brianna a dit qu'elle voulait s'assurer que nous avions tous faim malgré l'énorme festin de Thanksgiving que nous avions eu au déjeuner.

J'étais affamée et je voulais que Gannon soit avec moi !

Braiden sur mes genoux, je jouais avec lui et je surpris mes parents en train de nous regarder. Ils arboraient tous deux un large sourire et papa me fit même signe de la tête. « Vous êtes amoureux tous les deux. »

J'étreignis Braiden et j'embrassai sa joue, puis il embrassa la mienne. « Bien sûr que oui. Je t'aime, citrouille. Je me frottai le nez contre le sien.

Il hocha la tête puis ouvrit la bouche en me regardant. « Ma. » Ses mains minuscules me prirent le visage et il m'embrassa le bout du nez. « Ma ! »

Je fermai les yeux, débordant complètement d'affection pour cet enfant. Une larme coula sur le visage de ma mère. J'étais sur le point de le corriger, mais elle parla la première. « Oh mon Dieu. Il a désespérément besoin d'une mère. Comme il est merveilleux, Brooke. Quelle aubaine que tu aies été là pour lui et Gannon. »

Je ne savais absolument pas quoi dire. Puis la porte s'ouvrit et Brad, Brianna et Gannon sortirent. Un gâteau était entre les mains de ma sœur et tous les trois me chantaient un joyeux anniversaire. Ma famille s'était jointe à eux et maman prit Braiden de mes bras.

Je détestais être le centre d'attention. Mais le jour de mon anniversaire était exceptionnel, et je me levai pour souffler sur les bougies. À la fin, j'entendis Gannon demander : « Que souhaites-tu ? »

Je secouai la tête alors que Brad et Bianna se mettaient à mes côtés pour poser le gâteau sur la table. Mais Gannon était resté juste devant moi alors que je lui répondais. « Je ne peux pas dire mon souhait à haute voix. » Mais je ne souhaitais qu'une seule chose en éteignant ces bougies. Je voulais que Gannon, Braiden et moi soyons ensemble pour toujours, même si je savais que c'était presque impossible.

« Bien que ce ne soit pas mon anniversaire, je vais quand même te dire ce que je souhaiterais. » Il prit mes mains dans les siennes et me ramena pour m'asseoir sur la chaise qui était juste derrière moi.

Je tremblais de nervosité, il me touchait de cette façon, devant ma famille j'avalais ma salive difficilement. Avait-il oublié de garder notre secret ?

Puis soudain, il se mit à genoux.

Non ! Non, pas sur les deux genoux. Mais il avait un seul genou par terre. Et il sortait quelque chose de sa poche.

Ma main gauche était toujours dans la sienne et je levai la main droite pour me couvrir la bouche.

Que faisait-il ?

« Devine ce que ton frère m'a dit, » dit Gannon d'un ton doux.

Je secouai la tête en guise de réponse. Je ne pouvais pas parler. J'avais à moitié peur pour ma vie et la sienne je ne savais pas ce qui se passait exactement.

« Il m'a dit que ton deuxième prénom est Madilyn. Sais-tu que c'était aussi le deuxième prénom de ma mère ? Il me sourit et me fit un clin d'œil.

Je secouai la tête. Je ne pouvais toujours pas parler.

« Je vois que tu es bouche bée. Eh bien, c'est une première. Je ferais mieux de saisir l'occasion. Il ouvrit sa main droite. Une petite boîte bleue était dans sa paume. Il ouvrit le couvercle avec son pouce et sortit le plus gros diamant que j'ai jamais vu brillait dans les lumières scintillantes qui flottaient sur la terrasse. « Brooke Madilyn Moore, me feras-tu le grand honneur de devenir ma femme ? »

J'étais bouche bée. Je regardai Gannon, puis ma famille surprotectrice et je ne vis que des sourires sur leurs visages. Et quand Braiden jeta ses petits bras autour de moi en criant : « Maman ! » je sus que c'était la réalité.

Je sanglotai ma réponse. « Oui ! »

Ma main trembla lorsque Gannon posa ce lourd anneau autour

de mon doigt et je continuai à pleurer alors qu'il se levait, me soulevait dans ses bras forts et m'embrassait devant toute la famille.

Je n'ai entendu que des applaudissements, des cris et des hurlements.

Puis j'ai senti une main sur mon épaule alors que nos lèvres se séparaient. Je tournai la tête pour voir mon grand frère me dévisager. « Tu dois être gentil avec cet homme, petite sœur. Il est certes milliardaire, mais Braiden et toi êtes son seul trésor. Vous deux êtes faits l'un pour l'autre. »

Tout ce que je pouvais faire était d'acquiescer et de pleurer alors que Gannon me prenait dans ses bras.

"Mangeons le gâteau !" Cria mon frère, et tout le bruit que faisait ma famille s'arrêta lorsque Gannon m'embrassa une fois de plus.

Ses lèvres se posèrent sur les miennes et remontèrent dans mon cou et à mon oreille. Son souffle chaud fit voler mes cheveux avec ses mots. "Tu es à moi et je t'aime. Pour toujours. »

Fin

©Copyright 2021 by Camile Deneuve tous droits réservés.
Il est interdit de reproduire, photocopier, ou transmettre ce document intégralement ou partiellement, dans un format électronique ou imprimé. L'enregistrement électronique est strictement interdit, et le stockage de ce document n'est pas autorisé sauf avec permission de l'auteur et de son éditeur. Tous droits réservés.
Les auteurs respectifs possèdent tous les droits d'auteurs qui ne sont pas détenus par l'éditeur.

❀ Réalisé avec Vellum

Lightning Source UK Ltd.
Milton Keynes UK
UKHW021848121222
413832UK00005B/184